KB012733

이형석 퓨전 판타지 장편소설

WISHBOOKS FUSION FANTASY STORY

스킬의 제왕

스킬의 제왕 6

이형석 퓨전 판타지 장편소설

초판 1쇄 찍은 날 | 2018년 1월 11일
초판 1쇄 펴낸 날 | 2018년 1월 18일

지은이 | 이형석
펴낸이 | 예경원

기획 | 위시북스
편집책임 | 이규재
편집 | 이즈플러스

펴낸곳 | 예원북스
등록번호 | 제396-2012-000132호
등록일자 | 2012. 7. 25
KFN | 제1-202호

주소 | 경기도 고양시 일산동구 호수로 646-24 위너스21Ⅱ빌딩 206A호 (우)10401
전화 | 031-819-9431 팩스 | 031-817-9432
E-mail | yewonbooks@naver.com

ⓒ이형석, 2017

ISBN 979-11-6098-752-2 04810
      979-11-6098-466-8 (set)

※ 파본은 구입하신 서점에서 교환하여 드립니다.
※ 저자와 협의하여 인지를 붙이지 않습니다.
※ 이 책은 예원북스와 저작자의 계약에 의해 출판된 것이므로 무단 전재 및 유포, 공유를
   금합니다.
※ 이 도서의 국립중앙도서관 출판시도서목록(CIP)은 서지정보유통지원시스템 홈페이지
   (http://seoji.nl.go.kr)와 국가자료공동목록시스템(http://www.nl.go.kr/kolisnet)에서
   이용하실 수 있습니다.

이형석 퓨전 판타지 장편소설

WISHBOOKS FUSION FANTASY STORY

스킬의 제왕

6

Wish Books

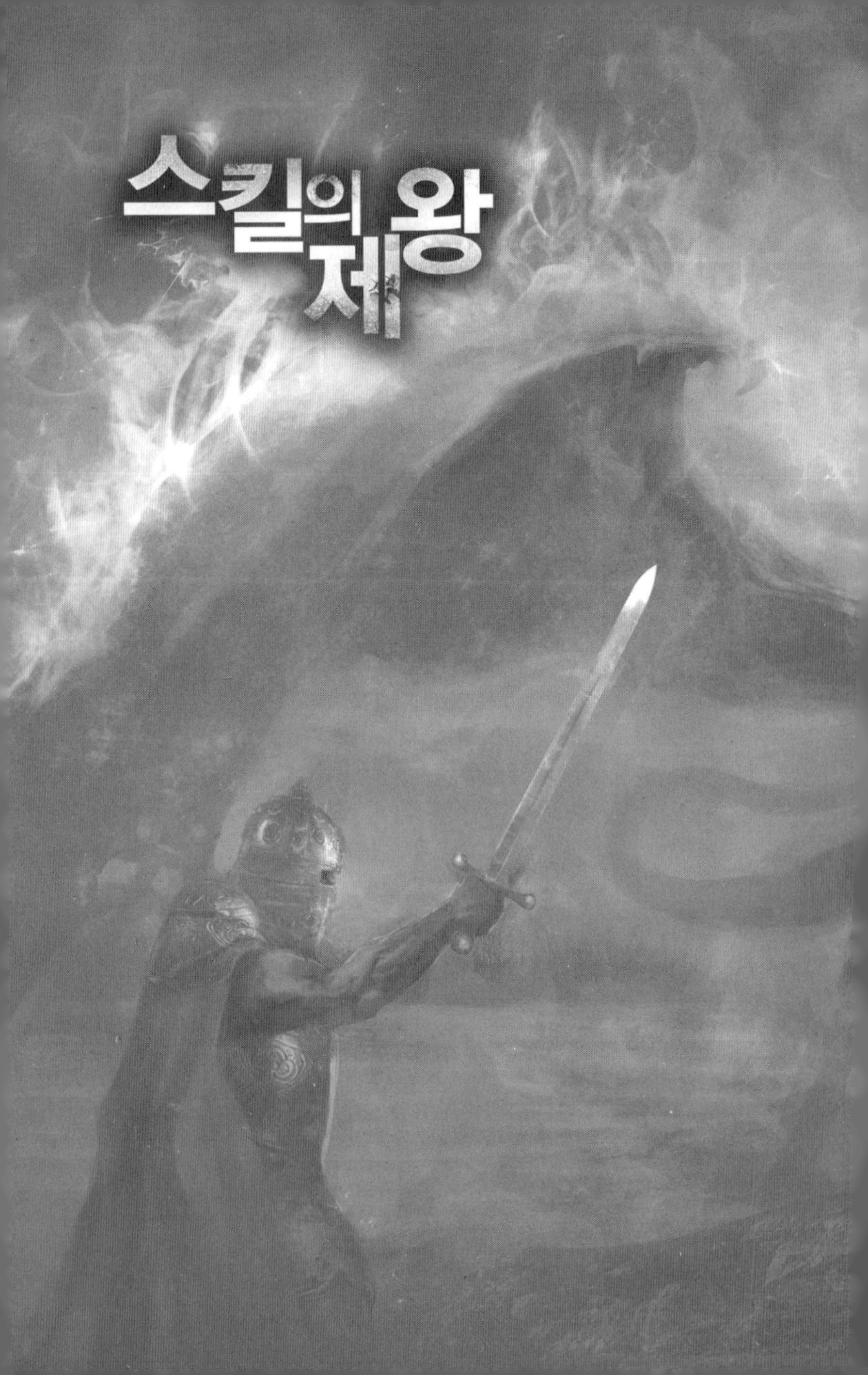
스킬의 제왕

CONTENTS

46장
전쟁

"동요하지 마라!!!"

자신들을 포위한 무열의 병력이 나타났을 때만 하더라도 모두가 끝이라고 생각했지만, 벤퀴스 번슈타인만은 그렇게 생각하지 않았다.

그는 빠르게 주위를 훑었다.

"주위를 살펴라. 포위한 적의 수보다 우리가 훨씬 더 많다. 두려워 마라. 오히려 우리가 녀석들을 압도할 수 있다!!"

일반적으로 포위가 되면 전세는 순식간에 역전이 된다.

그런 순간에 빛을 발하는 것이 패왕의 기질.

그는 자신의 검을 들어 올리며 병사들에게 소리쳤다.

"내가 있다!!"

와아아아아아———!!!

와아아――!!!

무열은 그를 바라봤다.

'수세에 몰리던 분위기를 한순간에 자신의 것으로 바꾸었군. 역시 7왕국의 수장이라 할 수 있는 남자야.'

그러나 벤퀴스 번슈타인에겐 치명적인 약점이 있었다.

바로, 그가 가지고 있는 왕으로서의 기질.

호전적이고 강함을 중시하는 패왕의 모습으로 보자면 그는 분명 강한 왕이지만 모든 것을 자신의 손으로 직접 해결하고자 하는 단점이 있었다.

그건 지금도 마찬가지.

"좋다. 내가 확인해 주지. 연꽃의 여왕마저 포로로 만들었다니. 잘난 입만큼 실력도 있겠지?"

'역시…….'

벤퀴스 번슈타인은 뛰어난 왕임과 동시에 무장이었지만 자신의 힘을 너무 믿는 경향이 있다. 때로는 그게 최악의 수가 될 것임을 모르고.

분위기를 바꾸어 놓았음에도 불구하고 그는 반격하는 대신 눈앞에 있는 무열의 도발에 그대로 넘어가고 말았다.

"물론."

무열은 기다렸다는 듯 대답했다.

그에게 이제 막 신설된 트라멜의 병력은 소중하다. 앞으로 더 많은 전투에서 사용돼야 할 병력이었기 때문에 이런 곳에서 잃고 싶지 않았다.

그리고 지금, 이 결투에서 무열이 이기게 된다면.

'피 한 방울 흘리지 않고 벤퀴스의 800명의 병사와 아직 남아 있는 수천의 병력을 내 것으로 만들 수 있게 된다.'

이보다 더 훌륭한 계획은 없을 것이다.

"잘 보고 있어라."

튤리 라니온을 두고 자신에게 검을 휘두르는 벤퀴스 번슈타인을 향해 무열이 뇌격과 뇌전에 불을 지폈다.

파바밧······!!

5m 정도의 거리가 한순간에 사라졌다. 양옆으로 튀는 흙들이 불규칙하게 발자국을 남겼다.

빠르게 튀어 나간 무열은 뇌전을 빙그르르 돌리며 몸을 꺾었다.

비연검(飛軟劍).

콰아아앙———!!!

날카로운 검날이 벤퀴스 번슈타인의 틈을 노렸지만 흔들리지 않는 거목처럼, 거검을 든 그는 정확하게 무열의 공격을 막았다.

"흐아아압!!"

그의 외침과 함께 두꺼운 검이 무열을 향해 횡으로 베었다.

파아앗······!!

몸을 회전하며 공격을 피한 무열이 검을 쥔 손에 힘을 주었다. 그러자 잡고 있던 양쪽 검날의 색이 각각 변하였다.

지이이잉———!!

츠아아······!!

푸른빛을 띠는 마력검과 함께 반대쪽 검은 칠흑처럼 검은 암흑검이 만들어졌다. 두 개의 힘이 화진검(火眞劍)의 불꽃과 합쳐지자 검날은 묘한 보랏빛과 자줏빛으로 일렁거렸다.

마력과 암흑력의 충돌.

검날을 가볍게 부딪치자 맹렬한 파열음과 동시에 뇌격과 뇌전이 파르르 떨렸다. 그와 동시에 두 사람 사이에서 폭발이 일었다.

"어딜!!"

평범한 사람이라면 그 위력에 날아가 버릴 수 있었지만 벤퀴스 번슈타인은 오히려 그 폭발 속으로 뛰어들었다.

콰아아앙······!!!

그의 거검의 날이 일순간 황금빛으로 변했다.

철컥-!!

한 호흡의 짧은 순간.

황금빛의 검날이 어둠을 뚫고 번뜩였다.

창 일가의 연사검처럼 번슈타인가(家)에서 대대로 내려오는 가전 검법.

용공검(龍攻劍).

초식 하나하나가 패도 있고 매서웠다. 가히 왕의 검법이라 칭해도 손색이 없을 정도였다.

탐이 날 정도로 훌륭한 검술.

벤퀴스의 외침과 동시에 눈으로 좇을 수 없이 빠른 검격이 두 사람의 손에서 펼쳐졌다.

사방에서 꿍음이 터져 나왔고 바닥에 흙들이 먼지를 일으키며 솟구쳤다.

'저 정도일 줄이야…….'

튤리 라니온은 두 사람의 결투를 넋이 나간 표정으로 바라봤다. 벤퀴스의 검술은 높은 수준이었지만, 그녀는 그의 실력을 익히 알고 있었다. 그녀가 놀란 것은 그를 상대하고 있는 무열 때문이었다.

"훌륭하군."

설명할 필요가 없었다. 그는 완벽하게 벤퀴스를 압도하고 있었다.

콰앙!!

콰과광……!!!

신체를 한계까지 몰아세운 벤퀴스의 극의의 검이 무열을 향해 펼쳐졌다.

"하아…… 하아……!!"

그의 용공검이 닿는 곳엔 마치 폭발이 일어난 것처럼 커다란 구덩이가 생겨났다.

무열은 벤퀴스의 검을 피하며 뇌격을 있는 힘껏 쳐올렸다.

강검술(强劍術) 1식.

벤퀴스의 몸이 휘청거리는 순간 무열은 공격을 쉴 새 없이 몰아쳤다.

"크윽……!!"

검술 하나하나의 위력은 대단했지만 그만큼 체력적인 부담이 큰 용공검이다. 그에 비해 무열은 강검술과 비연검을 섞으며 공격하고 있었다. 체력적인 부담이 덜 하면서도 하나같이 날카롭고 매서운 일격.

강검술을 쓰는 뇌격에 마력을 더해 파괴력을 높이고, 비연검엔 암흑력으로 절삭력을 높여 예리함을 더 갖췄다.

무열의 공격은 가볍지만 매 초(招)가 벤퀴스의 용공검에 못지않은 파괴력을 지녔다.

점차 그의 숨소리가 거칠어졌다.

"크아아아아……!!!"

벤퀴스 번슈타인이 큰 목소리로 외치며 마지막 힘을 다해 무열을 향해 검을 꽂았다.

처음과 마찬가지로 검의 기세는 전혀 줄지 않고 똑같았지만 무열은 이게 그의 마지막 공격이 될 것이라는 걸 직감했다.

'끝이군.'

그리고 일기토를 바라보던 모든 사람이 그렇게 느꼈다. 기세는 여전했지만 그것을 사용하는 사람은 이미 한계에 도달했으니까.

콰아앙……!!!

벤퀴스의 몸이 크게 흔들렸다. 더 이상 탄탄한 그의 육체는 자신의 검조차 지탱하지 못할 정도로 힘이 빠져 있었다.

"크윽!!"

쿠웅……!!

그의 검이 바닥에 떨어지는 순간, 무열이 뇌격을 목에 겨누었다.

"어때."

벤퀴스는 이를 악물었다.

반박할 수 없는 결과.

자신의 병사들 역시 고개를 떨구고 말았다.

"나의 패……."

그때였다.

"아직……!! 아직 안 끝났다!!"

"음?"

승리를 말하기 바로 직전, 옅은 목소리의 외침이 들렸다.

그 목소리에 무열은 천천히 고개를 돌렸다.

'저자는⋯⋯.'

그 순간, 그의 눈빛이 가볍게 떨렸다.

"형님, 죄송합니다."

"이게 무슨 짓이냐. 분명 움직이지 말라고 일렀을 텐데. 네가⋯⋯ 지금 내 명령을 무시하고 독단적으로 행동을 하겠다는 뜻이냐."

분노에 찬 목소리로 말하는 벤퀴스를 보며 눈앞에 소년은 고개를 떨궜다.

투구를 벗자 강한 인상에 선이 굵은 벤퀴스와는 전혀 다른 호리호리한 미남자가 모습을 드러냈다.

벤퀴스의 황금빛 투구와 달리 그는 은빛의 투구를 쓰고 있었다.

"이 패배, 인정할 수 없습니다."

"나는 분명히 저자에게 졌다. 더 이상 핑계를 대봐야 소용없다는 것을 잘 알지 않느냐."

"분명 형님께서는 승부에서 지셨습니다. 하지만⋯⋯ 번슈타인가(家)는 지지 않았습니다."

"⋯⋯뭐?"

그때였다.

촤아악⋯⋯!!

촤작……!!

"카밀성의 미구엘 카밀! 500의 병사를 이끌고 지금 당도하였습니다!!"

"늦어서 송구하옵니다, 폐하. 명을 받들어 저 한트성의 버렌 한트 역시 500의 병사를 이끌고 왔습니다."

적을 포위하고 있던 무열의 병사들 너머로 두 배가 넘는 수의 병사가 갑자기 나타나 그들을 포위했다.

"명을 받들어……? 네가 한 일이냐."

"죄송합니다, 폐하."

벤퀴스의 말에 미남자는 고개를 숙였다.

"너희들이 간과한 것들. 그게 너희를 패배로 이끈 원인이다. 전쟁은 개인의 승부로 결론짓는 것이 아니다."

그는 호기롭게 무열을 향해 말했다.

"그렇군……. 이런 믿고 있던 패가 있었기 때문에 벤퀴스가 일기토를 승낙했어도 가만히 있었던 거로군."

무열은 자신의 부대를 포위한 병력을 한번 훑고는 눈앞에 있는 미남자를 향해 말했다.

"아론 번슈타인."

그가 자신의 이름을 부르자 아론은 잠시 어깨를 꿈틀거렸다.

"……날 알고 있나?"

"물론. 벤퀴스에게 가려 크게 모습을 드러내는 걸 본 적은 없지만……. 몇 달 전 여덟 번째 성을 함락시킨 게 당신이었지."

"놀랍군……. 외지인이면서 그 정도 정보력을 가지고 있다니 말이야. 우리는 너의 병력을 보고 난 뒤에야 네가 트라멜의 영주라는 것을 눈치챘는데 말이지."

"눈썰미가 좋군. 하지만 우리가 아니라 너겠지."

무열은 천천히 두 사람을 살폈다.

아론 번슈타인.

패도적인 왕이자 형인 벤퀴스에 가려져 크게 두각을 나타내지 못했지만 사실상 희대의 명장 중의 한 명으로 손꼽히는 인물이었다.

이강호에 의해서 벤퀴스 번슈타인이 토벌된 후에 왕위를 물려받은 그는 북부 7왕국 중 유일하게 인간군을 몰아세웠던 왕이었다.

'하지만 두 사람의 사이가 나빴다고 알려져 있었는데……. 지금은 아닌가? 한곳에 같이 있다니 말이야.'

사실 이 전장에 아론 번슈타인을 만나게 될 것이라고는 무열 역시 예상하지 못한 일이었다.

물론, 무열이 아론의 존재를 알게 된 것 역시 벤퀴스가 죽고 난 뒤였으니 그 전에 두 사람의 사이가 어땠는지는 알 리가 없는 일이었다.

"아론, 나서지 마라."

"형님을 이곳에서 잃을 순 없습니다. 형님께서는 아직 이루셔야 할 일이 많습니다."

벤퀴스가 자신의 동생을 향해 날카롭게 말했지만 아론은 물러서지 않았다.

"결투는 그대가 이겼으나 우리는 지금 너희를 포위하고 있다. 보시다시피 수백에 불과한 너희 병력으로는 우리를 이길 수 없다."

1,000명의 병사가 자신들을 포위하고 있다는 생각만으로도 충분히 패닉에 빠질 수 있다.

"그래서?"

그러나 이런 순간임에도 불구하고 무열은 오히려 가볍게 웃었다.

"최혁수."

아론의 말을 듣자마자 보란 듯이 무열은 자신의 병력을 움직였다.

그의 명령이 떨어지자마자 최혁수는 큰 소리로 외쳤다.

"원진(圓陣)을 시행하라!!"

콰가가가각……!!

쿠르르……!!

수십 번 연습을 한 것처럼 진형을 짠 순간, 정확하게 병사들의 발아래의 땅이 쑤욱 하고 솟아올랐다.

토룡(土龍)의 진.

순식간에 벤퀴스의 병사들과 지원군 사이에 벽이 생기며 갈라지게 되었다.

그리고 그 석벽 위에 서 있는 무열의 병사들.

주변을 포위하고 있던 미구엘 카밀과 버렌 한트는 자신들의 머리 위에서 활을 겨누는 적군을 바라보며 당혹스러운 표정을 지을 수밖에 없었다.

"결투로 승복할 수 없다면…… 그럼 나도 이제 전쟁을 해 볼까."

"우…… 웃기는……!"

아론 번슈타인이 등 뒤에서 무열을 향해 소리쳤다. 아직은 충분히 자신들에게 승산이 있었다.

하지만, 그때였다.

쿠그그그그……!!

산맥이 떨리듯 요란한 발소리가 들렸다. 황급히 그가 고개를 돌렸지만 막힌 석벽 때문에 밖의 상황을 볼 수가 없었다.

답답한 마음에 불안해하고 있는 그 순간, 놀라운 일이 벌어졌다. 요란한 소리가 가득했던 전장이 차가울 정도로 조용해졌다.

아론 번슈타인은 처음으로 공기가 변했다는 것을 느꼈다.

상황을 파악할 수 없는 그와는 달리 무열은 마치 이미 알고 있었다는 것처럼 여유로웠다.

"늦어서 죄송합니다."

"아니, 딱 맞게 도착했습니다."

"영주님 덕분입니다. 서펀트를 띄워놓으셔서 숲속에서도 쉽게 위치를 찾을 수 있었습니다."

새로운 목소리의 등장.

아론 번슈타인은 그 순간 자신도 모르게 식은땀이 주르륵 흘러내리는 것을 느꼈다.

"수고했습니다, 라캉."

[크르르르르……!!!]

무열이 손을 치켜세우는 순간, 상공에 떠 있던 프레임 서펀트가 활공을 하며 내려와 그를 태웠다.

"멋진 광경이군."

그는 아래를 내려다보았다.

라캉 베자스는 오르도 창이 모는 카르곤의 등 위에서 두 손을 포개며 인사를 했다. 그러고는 모두에게 들릴 수 있을 만큼 큰 소리로 외쳤다.

"42거점 쿠샨 사지드의 동맹 지원군이 지금 막 도착했습니다!!!"

와아아아아아아───!!!!!

와아아───!!!

카나트라 산맥에 엄청난 외침이 들렸다.

그 외침은 고스란히 번슈타인의 병력들의 귀에 꽂혔다.

그 순간, 자신의 계획을 그대로 똑같이 받아친 무열의 모습을 보며 아론 번슈타인은 직감했다.

빠득.

절망스러운 눈빛으로 자신들을 내려다보고 있는 무열을 향해 고개를 들었다.

결투뿐만 아니라 전쟁까지도…… 자신들의 패배였다.

승부는 생각보다 쉽게 났다.

벤퀴스 번슈타인과 무열의 일기토를 비롯해서 포위가 된 전세까지, 더 이상 승산이 없다고 판단한 번슈타인 형제는 결국 무열에게 항복할 수밖에 없었다.

대규모의 병력이 집결했지만 오히려 피해는 적었다.

이런 결과를 만들어낸 가장 큰 요인은 바로 42거점의 병력이었다.

42거점.

전략적으로 주요한 곳이었다. 만약 이곳을 힘으로 얻으려 했다면 쉽지 않았을 것이다.

알카르 사냥을 끝내고 난 뒤에 42거점을 공략하기 위한 책략을 짜려던 도중 라캉 베자스가 무열에게 자신을 42거점으로 보내달라고 요청했다.

자칫 잘못하면 더 위험한 상황을 만들 수 있었다. 하지만 라캉 베자스는 자신이 있는 모습이었다. 게다가 그는 그런 요청을 아무 생각 없이 할 사람이 아니다.

"좋습니다."

무열은 흔쾌히 그의 42거점행을 허락했다.

시험(試驗).

라캉 베자스가 트라멜을 두고 무열을 선택하는 과정에서 그를 시험했던 것처럼 무열 역시 라캉 베자스를 시험한 것이다.

그리고 그 결과는.

"쿠샨 사지드입니다. 만나 뵙는 건 처음이지만…… 아마 북부에서 무열 님의 이름을 모르는 사람은 없을 겁니다."

충분할 정도로 만족스러웠다.

큼지막한 손을 내밀며 악수를 청했다.

"북부 7왕국이 움직인다는 소식에 서둘렀는데 늦지 않아서 다행입니다."

쿠샨의 옆에 서 있던 라캉 베자스가 말했다.

"서펀트 위에서 봤을 때 산맥 아래에서 움직이는 병력을 확인했습니다. 라캉, 당신일 줄 알았죠."

"허허…… 그렇습니까."

무열은 번슈타인가(家)의 병력들을 모두 무장해제시키며 쿠샨을 바라봤다.

"42거점에서 이곳까지는 거리가 좀 있었을 텐데…… 어떻게 시간을 맞춰서 오실 수 있었습니까?"

"모든 건 쿠샨 님 덕분입니다. 42거점에서 건조 중이었던 배를 내어주셨으니까요. 그 덕분에 병력까지 이동할 수 있었습니다."

라캉 베자스의 말에 무열이 고개를 돌렸다.

"배를 건조하고 있었다고요? 42거점에 조선 스킬을 가진 사람이 있습니까?"

그렇다면 생각지 못한 수확이었다.

곧 거점 상점이 생성되고 테이밍 스킬을 판매한다 하더라도 비싼 가격 때문에 스킬을 습득할 수 있는 사람은 몇 되지 않을 것이다. 마석을 몰아준다 하더라도 트라멜 안에서도 손에 꼽히는 인원 정도만이 가능할 터.

그런 시점에서 대규모 병력을 이동하기 위해서는 대륙을 관통하고 있는 포스나인이라는 거대한 강을 수로로 이용해야 했다.

그리고 그러기 위해서 필수적으로 필요한 것은 두말할 것도 없이 '배'였다.

하지만 배를 건조하는 일은 결코 쉽지 않다. 손재주가 좋다고 하더라도 전문 분야가 아니라면 기껏해야 만들 수 있는 건 뗏목 정도.

"하하……. 부끄럽지만 제가 조선(Shipbuilding) 스킬을 가지고 있습니다. 제 직업이 조선공이라서 말이죠."

그의 손은 조금 전까지도 배를 만들다가 온 것처럼 거칠었다.

무열은 쿠샨의 말에 깜짝 놀라지 않을 수 없었다.

'……바이킹(Viking)이 아니다?'

그의 기억 속 쿠샨의 1차 직업은 분명 최혁수와 마찬가지로 첨탑 3층을 공략하고 얻은 레어 클래스 '바이킹'이었다.

그러나 지금 그는 자신이 전투 클래스가 아닌 생산 클래스인 '조선공(Shipwright)'이라고 했다.

'이것 역시…….'

알라이즈 크리드의 반지와 마찬가지로 불꽃 첨탑의 주인인 칸트나가 존재하지 않게 됨으로써 변한 미래일지도 모른다.

'어쩌면 나쁜 변화는 아닐지 모른다.'

42거점에서 온 병력은 약 700명. 결코 적은 수가 아니다. 이 정도의 인원을 옮길 수 있는 배를 호수에 띄울 정도라면 이미 쿠샨 사지드의 조선 스킬은 굉장히 높은 수준일 것이다.

'전투 클래스보다 그에겐 이게 더 나을지도 모르지. 그의 성격을 생각하면 말이야.'

그는 A랭커까지 오른 제법 능력 있는 사람이었지만 지금 생각해 보면 전투 클래스와 그다지 어울리지 않는 남자였다. 패도적인 느낌이 강한 바이킹이란 클래스에 비해 그의 별명은 너무 순박했으니까.

'미소의 쿠샨.'

그는 포로로 잡은 적군들마저 아무런 의심 없이 수용할 정도로 사람이 좋았다.

그게 폐단이었다. 자신이 가장 믿었던 부하가 적군의 스파이였다는 것조차 알아차리지 못할 정도였으니까.

'오히려 전투가 아닌 생산 쪽에서 빛을 발할 수도 있는 남자다.'

무열은 내민 쿠샨의 손을 잡았다.

"42거점에서 동맹을 맺어주시다니 감사할 따름입니다. 많은 도움이 되었습니다."

"아닙니다. 라캉 베자스 님이 없었다면 쉽게 결정을 내리지 못했을 겁니다."

그의 말에 무열은 흥미를 느낄 수밖에 없었다. 과연 라캉 베자스가 어떤 말로 쿠샨 사지드를 트라멜에 합류를 하게 만들었는지 말이다.

"최은별, 어때. 네 눈으로 본 라캉 베자스는? 충분히 배울 만한 사람인가?"

오르도 창의 옆에 서 있던 최은별은 무열의 질문에 가볍게 어깨를 움찔거렸다.

그것으로 충분했다.

'과연…… 내가 예상한 내용일지 아닐지 궁금해지는군.'

현시점에서 누구보다 많은 정보를 가지고 있는 사람은 단연 무열일 것이다.

몇 가지 예상되는 상황은 있었다. 무열이 주목하는 부분은 라캉 베자스가 한정된 정보를 가지고 얼마나 효율적인 동맹을 따냈는지 하는 것이다.

'자신의 손해는 최소화하고 최대의 이득을 남긴다.'

이것이야말로 교역의 기본이자 동맹의 주요한 목적이다.

그러기 위해서 필요한 것.

'상대방이 이해득실을 생각하기 전에 거부할 수 없는 조건을 내보이는 것.'

무열은 라캉 베자스를 향해 바라봤다.

'그의 능력이 뛰어나다는 것은 잘 안다. 하지만 그건 교역과 무역이 주인 상인으로서의 능력. 지금 그는 상인이 아닌 한 나라의 사신(使臣)으로서의 능력을 보이려고 하는 것이다. 이

시점에서 내 예상대로 한 것이라면······.'

단순히 거상이라는 타이틀을 가진 S랭커가 아닌, 무열의 나라에 필요한 인재가 될 것이다.

그는 주위를 살폈다. 무장해제를 하고 있는 번슈타인가(家)의 병력을 확인하고는 포박되어 있는 두 왕국의 왕들과 함께 사람들에게 말했다.

"자세한 건 막사에서 천천히 듣도록 하죠. 일단······ 처리해야 할 일들이 있으니까요."

막사 안은 무거운 공기가 감돌았다.

누구도 믿을 수 없었다. 눈앞의 현실이 진실이라는 것을 알면서도 말이다.

그들뿐만이 아닐 것이다. 북부 7왕국 중 두 곳이 단 하루 만에 공시에 패배했다는 소식이 전역에 알려지게 되면 과연 어느 누가 믿을 수 있겠는가.

"풀어줘라."

"네?"

"그런 걸로 둘을 잡아둘 수 있는 것도 아니니까."

막사에 도착한 무열은 포박되어 있는 두 사람의 줄을 끊었다.

꽉 조여진 밧줄에 묶였던 손목을 어루만지며 벤퀴스 번슈타인은 무열에게 말했다.

"숨겨놓은 병력이 또 있을 줄은 몰랐군."

"운이 좋았을 뿐."

"흥…… 운도 실력이다."

그의 말에 아론 번슈타인은 고개를 떨어뜨렸다.

"어때, 지금 심정은?"

"바…… 방심했을 뿐이야."

"인정한다, 패배를."

"……!!"

두 사람의 답이 엇갈렸다.

튤리 라니온은 황급히 벤퀴스 번슈타인을 향해 고개를 돌렸다.

"죽여라."

"뭐, 뭐라고……?"

"병사들의 목숨은 살려달라 같은 말은 하지 않는다. 흡수할 수 있으면 하고 아니면 모두 죽여라. 그렇지 않으면 결국 또다시 적을 만드는 꼴이 될 테니까."

당당하게 말하는 그의 모습에 튤리는 인상을 구겼다.

"나의 복수는 번슈타인가(家)의 남은 동생들이 할 것이니까."

형의 말에 아론 번슈타인 역시 마음을 굳힌 듯한 표정이었다.

하나의 가문, 그리고 그 아래에 있는 형제들이었지만 튤리라니온과는 전혀 다른 두 사람의 모습이었다.

"훗……."

무열은 그 둘을 바라보며 가볍게 웃었다.

"죽일 생각이었다면 네 말대로 처음부터 목을 베었겠지."

"그럼……?"

"벤퀴스, 네 말처럼 너는 나에게 졌다. 그리고 네가 말한 대로 너의 패배는 인정하지만 너의 가문의 패배는 인정하지 않는다고 했지."

"그래서……?"

"나 역시 그렇다. 나와 너의 승부에서 네가 그 패배만큼은 인정한다면 나는 그에 대한 대가만을 너에게 받을 것이다."

무열의 말에 그의 눈썹이 씰룩거렸다.

"너 하나만 나를 따르면 된다."

"그게 무슨 말도 안 되는……!!"

"네가 가진 여덟 개의 성은 나와 상관없는 일이다. 어차피 네가 나를 따를 마음이 든다면 그들은 자연스럽게 바뀔 테니까."

"크…… 크큭."

황당할 정도로 명료한 무열의 정리에 벤퀴스는 자신도 모르게 웃음을 터뜨렸다.

"재밌군."

북부의 패왕인 자신에게 너무나도 당연하게 제안하는 그 모습이 신기했다.

"이 전투는 너희들로부터 신수를 지키기 위함도 있었다. 알카르의 신단(神丹)이 제대로 잘 새끼에게 전해지도록 말이야."

"……뭐?"

"신수가 폭주를 하게 되면 걷잡을 수 없는 피해가 생기게 된다. 나는 그걸 막고자 너희들을 막은 것이다."

무열의 말에 튤리 라니온은 황급히 소리쳤다.

"그럼……! 내 병력은! 단지 신수를 지키기 위해 그 많은 사람을 죽였단 말이냐!"

"아니."

"그건 별개의 문제다, 튤리 라니온. 내 말을 제대로 들어야지. 신수를 지키기 위함'도'라고 했다."

무열의 눈빛을 본 순간, 그녀는 자신도 모르게 입을 다물고 말았다.

"언제든 나는 너희와 싸울 준비가 되어 있다. 아니, 너희뿐만 아니라 남은 다섯 왕국 역시. 잠시 신수 때문에 들른 이 산맥에서 너희들을 맞이했던 것뿐. 북부 정벌에 대한 의지는 굳건하다."

"그럼……."

"이곳에서의 일은 이곳에서. 벤퀴스 번슈타인, 그리고 튤리 라니온. 나는 이번 기회에 너희들이 내가 어떤 사람인지, 따를 만한 자인지 확인시켜 주려는 것이다."

벤퀴스 번슈타인은 그의 말에 되물었다.

"어떻게……?"

"너희들이 사냥하려고 했던 신수. 알카르를 굴복시킴으로써."

"결국, 너도 신록을 사냥하려 하는 것이군."

"아니, 다르다."

무열은 고개를 저었다.

"지켜보면 알겠지. 내가 말하는 굴복이란 것이 꼭 죽음을 의미하는 것이 아님을."

벤퀴스 번슈타인은 그의 말에 차갑게 웃었다.

"훗, 좋다. 굴복을 시키든 사냥을 하든. 하지만 너는 하나만 알고 둘은 모르는군. 네가 한 말을 그대로 고스란히 다시 하겠다. 우리야말로 신수가 폭주하는 것을 막기 위함이다."

"너희가?"

무열이 그를 바라봤다.

"3대 위상(位相). 하나하나가 강력한 힘을 가진 존재들이다. 이들이 가장 약해질 때는 세대가 교체될 때. 자식에게 그 힘을 물려주기 위함이니까."

"그 세대가 안전하게 교체되도록 지키는 것이 우리의 사명이다. 그러지 않아 일어나는 피해는 이곳에 살아온 우리가 더 잘 알지."

벤퀴스는 어깨에 박힌 자신의 문양을 보였다. 그리고 손등에 똑같은 문양이 있는 튤리 라니온 역시 고개를 끄덕였다.

알카르의 모습을 본뜬 것이었다.

'신수의 폭주가 이들 때문이 아니다……?'

무열이 처음 추측한 것. 그는 북부의 왕들을 비롯한 강자들이 신수의 신단을 빼앗기 위해 벌어진 전투에서 알카르의 새끼가 죽고, 결국 그로 인해 신수의 폭주가 일어난 것이라 생각했다.

하지만 카토 치츠카의 말과는 반대로 북부의 왕들은 오히려 알카르를 지키려고 했다.

"누가 그러지? 우리가 신수의 신단을 빼앗기 위해 이곳에 집결했다고 말이야."

"……."

순간, 벤퀴스의 말에 무열이 입술을 가볍게 깨물었다.

"최혁수."

"네, 대장."

"지금 카토 치츠카는?"

"어…… 그게."

무열의 말에 최혁수를 비롯한 막사 안에 있던 사람들이 황급히 밖을 살폈다. 벤퀴스 번슈타인과의 전투가 끝나기 직전까지도 이곳에 있었던 그였다. 하지만 지금은 감쪽같이 사라진 상태였다.

당했다.

"……어떻게 하죠?"

막사 주위를 찾던 강찬석이 돌아와 다급한 목소리로 말했다.

"역시…… 얕볼 수 없는 놈이군."

무열은 그 모습에 고개를 저었다. 카토 치츠카와의 대결은 마치 한 치의 앞까지도 예상할 수 없는, 속고 속이는 줄다리기 같았다.

그러나 무열은 입꼬리를 올렸다.

"괜찮아. 이쪽도 비장의 수는 숨겨놨으니까."

"늦었잖아. 소식을 들었으면 빨리 와야지."

아무것도 보이지 않는 허공 속에서 목소리가 들렸다.

언덕 위, 한 소녀가 황급히 달려가는 모습을 바라보던 여자가 고개를 돌리며 말했다.

"하하……. 미안, 미안."

"그보다 퀘스트는?"

여자가 어둠 속에서 되물었다.

"응, 완료했다."

서서히 나타나는 남자의 인영. 그림자와 같은 그 모습에서 유독 양손에 장착되어 있는 자마다르(Jamadhar)만이 번뜩였다. 손등 위로 튀어나와 있는 날카로운 메인 검날 옆으로 두 개의 짧은 검날이 양쪽으로 튀어나와 있었다.

"그거야?"

오직 어쌔신만이 사용할 수 있는 전용 무기.

남자는 고개를 끄덕였다. 그러고는 양손을 들어 보이면서 말했다.

"오랜만이야, 륜미야. 괜찮아져서 다행이다."

가볍게 뺨을 쓴 그는 깊은 눈으로 자신의 연인을 바라봤다.

천륜미는 그의 뒤에 보이는 반가운 얼굴들을 보며 반색했다.

"가자."

그 말을 끝으로 달빛 아래로 보이는 남자의 모습은 점차 사라져 마치 조금 전 이곳에 그가 없었던 것처럼 느껴졌다.

천륜미는 그의 말에 천천히 얼굴을 가렸던 검은 복면을 다시 썼다.

이런 일이 있을 것을 예상했던 걸까. 그녀는 전투가 시작되기도 전에 부대와 떨어져 처음부터 끝까지 카토 유우나의 일거수일투족을 감시했었다.

첫 번째 신호탄이 터지고 소집한 천륜미에게 무열이 했던 명령은 간단했다.

"그가 오고 있다, 흩어졌던 갈까마귀들과 함께. 합류 지점까지 카토 유우나를 감시하고 그를 만나면 그때 행동하도록 해."

무열이 기다린 북부 정벌의 마지막 병력. 그가 지금 합류했다.

바로, 진아륜이었다.

"왔구나."

"응, 오빠는? 어땠어?"

[그우우우우우······.]

알카르의 둥지.

뱃고동 소리 같은 거대한 울림이 산맥에 울렸다.

두 사람은 힘겨운 듯 쓰러져 있는 알카르를 바라보며 말했다.

"생각보다 더 대단하던데, 그 강무열이란 사람."

"그래?"

"트라멜도 트라멜이지만 확실히 남부 5대 부족을 통합한 근거가 충분히 있는 남자야."

카토 유우나는 치츠카의 말에 새삼 놀란 듯 말했다.

"오빠가 인정할 정도면 예전보다 훨씬 더 대단해졌다는 거겠지."

"그래."

"하지만 우리도 놀고 있었던 건 아니니까."

그녀는 그 말과 함께 자신의 손목에 걸려 있는 팔찌를 가볍게 어루만졌다.

지이잉…….

푸른색을 띠는 옥으로 되어 있는 팔찌의 구슬이 그녀의 손길을 따라 울음을 울듯 떨렸다.

그러자 그 소리에 공명하는 것처럼 카토 치츠카의 손목에 있는 팔찌의 구슬 역시 가볍게 떨렸다. 그녀와 마찬가지로 푸른색의 옥이 달려 있는 팔찌였다.

"좋아, 이제 마지막 계획을 실행할 차롄가?"

새하얀 털을 가진 아름다운 사슴은 그녀의 말에 반응하듯 고개를 들었다.

갓 태어난 품 안에 있는 새끼는 그 품 안에서 뭔가를 계속해서 먹고 있었다.

"유우나."

"응?"

카토 치츠카의 말에 그녀가 고개를 들었다. 그러자 그는 가볍게 웃으며 말했다.

"아무래도 그건 포기해야 할 것 같다."

눈앞에 이 산맥에 온 목적인 알카르가 있었다. 그런데 포기라니……?

"그게 무슨…….."

그의 말을 이해하지 못한 유우나가 다시 한번 물으려 할 때, 갑자기 어둠이 찾아들었다.

어둠 위의 또 다른 어둠.

옅은 빛마저 사라지며 순식간에 둥지에 어둠이 깔린 순간.

"거기까지. 더는 움직이지 마라."

"……!!!"

목소리가 들렸다.

놀라는 유우나에 비해 치츠카는 어쩐지 예상을 하고 있던 눈치였다. 그는 천천히 손을 머리 위로 들어 올리고는 고개를 돌렸다.

"뒤를 밟고 있는 자가 있었구나. 아마도…… 강무열에게 소속된 자들이겠지?"

"언제…….."

카토 유우나는 전혀 눈치채지 못한 모습이었다. 진아륜과

천륜미의 등장에 그녀는 당혹감을 감추지 못했다.

"괜찮다. 네 잘못이 아냐. 상대가 도적 클래스라면 어쩔 수 없는 일이다."

"미안, 오빠……."

최대한 주의를 기울였다고 생각했지만 아무리 그녀라 할지라도 도적 클래스의 은신술을 따라갈 수는 없었다.

'저 남자인가…….'

천륜미는 자신이 감시하던 유우나의 옆에 있는 치츠카를 바라봤다.

"만에 하나 카토 치츠카라는 남자가 나타난다면 맞붙으려 하지 말고 최대한 시간을 끌도록 해. 절대로 방심해서는 안 돼. 그를 상대하는 데에 있어서 병력의 유무는 중요치 않다."

그녀는 무열이 자신에게 신신당부했던 말을 떠올렸다.

카토 치츠카의 존재를 처음 본 천륜미는 과연 그 정도로 위험한 인물일까 하는 호기심이 일었다.

하지만 이내 곧 그녀는 고개를 저었다. 호기심에 목숨을 걸 수 없다. 카토 치츠카가 얼마나 대단한 인물인가 궁금하긴 했지만, 이미 카토 유우나의 강함을 실감하고 있었기 때문이었다.

"신수의 힘을 쓴다고?"

"응, 그리고 아직 저 남자의 능력은 몰라. 하지만 대장이 조심하라고 했어."

"무열이 그렇게 말할 정도라면…… 확인해 볼 필요가 있겠군."

"안 돼. 섣불리 행동하지 말랬어. 우리의 임무는 저들의 감시와 본대의 합류까지 시간을 버는 거야."

진아륜의 말에 그녀는 황급히 그를 막으며 말했다.

"자마다르(Jamadhar)……? 쉽게 볼 수 있는 무기는 아닌데……. 단순한 도적 클래스가 아닌 것 같군. 유니크 클래스?"

카토 치츠카는 진아륜의 양팔에 장착되어 있는 검을 가리키며 흥미롭다는 눈빛으로 말했다.

"재밌군. 탐이 날 정도인데. 강무열의 주위에는 하나같이 흔하지 않은 직업의 사람들만 있다. 마치, 그가 재능이 있는 사람들을 알아보고 모으는 것처럼."

"쓸데없는 짓은 하지 않는 게 좋을 거다. 네가 얼마나 대단한 녀석인지 모르겠지만 갈까마귀의 포위를 벗어날 수는 없을 테니까."

"홋……."

"손대지 마라."

카토 치츠카의 눈동자가 알카르와 그의 새끼를 향하는 순간 진아륜은 자신의 자마다르를 그에게 겨누며 경고했다.

"네가 날 막을 수 있을까?"

자신만만한 표정으로 말하는 그의 모습에 진아륜은 어깨가 들썩였다.

"막을 수 있다."

그때였다.

둥지 밖에서 들리는 목소리.

"이런 식으로 사라지면 곤란하다고. 안 그래?"

"하…… 하하."

치츠카의 입꼬리가 어색하게 꺾였다.

목소리의 주인은 강무열이었다.

"유우나에게 감시자를 붙였을 거라곤 솔직히 생각도 못 했다. 완전히 당했어."

"나 역시. 북부 7왕국이 움직인다는 네 말에 마치 그들이 알카르를 사냥하고자 하는 걸로 단정 지었으니 말이야. 내 눈을 그쪽으로 돌리고 혼자 알카르를 독식하려는 네 계획을 눈치채지 못했으니까."

"훗…… 북부 정벌을 하고자 하는 네 계획과 어차피 맞물리는 일이었지 않나?"

"그래."

무열은 카토 치츠카를 향해 말했다.

"하지만 내 정벌 계획에 네 계획을 얹는 건 용납하지 못한다."

콰아앙———!!!

차창――!!!

두 사람의 검이 부딪히며 스파크가 튀었다.

"……!!!"

찰나였다. 그 둘의 움직임에 반응한 사람은 아무도 없었다. 심지어 진아륜조차.

"오빠!!!"

유우나가 두 손을 들어 올렸다. 그러자 그녀의 손바닥에서 푸른 불꽃이 일렁거렸다.

"어딜!!"

하지만 그와 동시에 최혁수는 자신의 보옥을 꺼내어 그녀의 앞에 던졌다.

"꺄악!!"

토룡(土龍)의 벽이 바닥에서 튀어나오며 그녀를 둘러쌌다.

"유우나!!"

그 모습을 본 카토 치츠카가 소리치면서 일천(日天)을 있는 힘껏 휘둘렀다.

콰아아앙……!!

흙의 벽이 산산조각이 나며 사방으로 잔해들이 터져 나갔다.

"방해하지 마라."

석벽 뒤에 갇힌 그녀를 빼내오며 카토 치츠카가 으르렁거리는 목소리로 최혁수를 향해 말했다.

단 한마디에 불과했지만 치츠카에게서 느껴지는 기백에 처음으로 최혁수는 자신도 모르게 등골이 오싹해지는 기분이었다.

"너야말로."

하지만 그의 모습에도 불구하고 무열은 치츠카의 빈틈을 노려 뇌격을 찔러 넣었다.

"크윽……!!"

카토 치츠카는 그의 공격에 유우나의 손을 놓치며 뒤로 물러날 수밖에 없었다.

눈으로 좇을 수 없을 정도의 빠른 공방(攻防).

콰아아아앙---!!

두 사람의 검이 부딪히는 순간 굉음이 터져 나왔다.

파앗-!!

종이 한 장 차이로 검이 뺨을 스치고, 아슬아슬하게 급소를 피해 가는 공격들.

카토 치츠카의 뺨에 날카로운 검흔이 생겨났다. 그와 동시에 무열의 팔 소매도 일천이 베고 지나간 상처로 붉게 물들었다.

"하…… 하하."

다른 사람들의 눈엔 카토 치츠카의 모습이 마치 사라졌다 나타났다 하며 순간이동을 하는 것처럼 보였다.

축지(縮地).

히든 이터만이 사용할 수 있는 스킬.

눈으로 좇을 수 없는 궤도의 움직임에도 불구하고 무열은 그의 공격을 본능적으로 막았다.

전장에서 수십, 수백의 검날 속에서 살아남으며 생겨난 동물적인 감각.

콰가가각⋯⋯!!!

"대단해."

지금, 카토 치츠카의 일천(日天)과 월현(月玄)이 무열의 뇌격(雷擊)과 뇌전(雷電)과 맞물렸다.

까드드드득.

크드득.

네 자루의 검의 이가 갈리는 소리가 들렸다.

"칭찬으로 받아들이지."

서로의 얼굴이 닿을 만큼 가까워지자 무열은 카토 치츠카를 향해 가볍게 웃으며 말했다.

"크⋯⋯ 크큭."

이런 상황에서 웃을 수 있다는 것만으로도 그 모습을 지켜보고 있는 나머지 사람들은 이미 두 사람이 자신들의 수준을 뛰어넘었다는 걸 알았다.

"강무열, 끝까지 날 방해하는군. 결국 마지막의 마지막까지 내 계획을 수정하게 하는 건 네가 처음이다."

"수정? 아니, 아예 이뤄지지 못하게 해주지."

무열의 말에 치츠카는 고개를 꺾었다.

"과연?"

"……!!!"

콰득――!!!

"이제 시작인데."

카토 치츠카의 월현(月玄)이 둥근 호를 그렸다. 시커먼 검날
은 궤도조차 보이지 않았지만 검날이 만드는 섬뜩한 빛깔만
이 어둠 속에서 빛났다.

"너는 끝까지 내 목표가 뭔지 모를 거다."

[구오오오오오……!!!]

알카르의 비명에 가까운 외침이 둥지 안에 울려 퍼졌다.

"어딜!!!"

카토 치츠카가 잘려 나간 뿔을 움켜쥔 순간 무열은 그 반대
쪽을 잡아당겼다.

"큭!!"

'설마…… 녀석도 정령술을 노리는 건가?'

고민할 틈이 없다. 두 사람이 있는 힘껏 잘린 뿔을 잡아당
기며 절대로 놓지 않았다.

바드득……!!

그 순간, 뿔이 두 사람의 힘을 이기지 못한 채 반토막이 나

며 부서졌다.

"이런……!"

그 모습에 카토 치츠카는 입술을 깨물며 무열을 노려봤다.

"저자를 포위해라!!"

최혁수의 외침이 들렸다. 목표는 자신이 아니었다. 지금 있는 병력으로는 그를 잡을 수 없다는 걸 안 최혁수는 육체적으로 카토 치츠카보다 부족한 유우나를 타깃으로 삼았다.

좁혀 오는 포위망을 보며 그는 황급히 유우나의 손을 잡았다.

"가자."

그의 말에 그녀는 고개를 끄덕였다.

"쫓아라!!!"

진아륜의 외침에 갈까마귀들이 서둘러 카토 치츠카의 뒤를 밟으려 했다.

"그럴 필요 없다."

하지만 사라진 두 사람을 바라보며 무열은 나지막한 목소리로 말했다. 그는 부러진 뿔을 잡은 손에 힘을 주었다.

"……."

"네?"

"어차피 지금 상황에서 그를 잡을 수 있는 사람은 없을 거다."

"하지만……."

무열의 말에 최혁수를 비롯해 사람들이 억울한 표정을 지었다.

"그건 너희도 알 텐데."

그들은 무열의 말을 인정할 수밖에 없었다. 이미 무열과 그의 결투에서 차이를 봤으니까.

"게다가 처음부터 알카르의 힘을 사용할 수 있다는 건……카토 유우나와 신수와의 계약이 이미 되어 있다는 것을 의미하겠지."

[크으으으……]

불안한 눈빛으로 무열을 바라보는 지친 알카르의 품 안에 작은 새끼가 꿈틀거렸다.

"두 사람이 알카르를 죽이려 하지 않은 건 사실이겠지. 뭐, 카토 유우나와 신수와의 계약은 새끼를 지키기 위한 거래였을지도 모르겠지만."

하지만 그 계약은 카토 치츠카라는 적을 막는 것에 불과하다.

"그럼 나는 어떻게 막을 생각이지?"

가까스로 자신이 만든 신단을 새끼에게 먹였지만 더 이상 힘이 남아 있지 않은 알카르는 무열에게서 자신의 새끼를 지킬 능력이 없었다.

"……"

게다가 이제 막 신력을 얻은 어린 신수가 할 수 있는 것은 아무것도 없었다.

"이제 어쩌죠?"

아직 늦지 않았다.

신단(神丹)이 흡수되기까지 오랜 시간이 걸린다. 만약, 그 힘을 얻고자 한다면 이대로 새끼를 죽이고 아직 내장에 남아 있는 신단을 취하면 된다.

무열은 차가운 눈으로 새끼를 바라봤다.

권좌에 오르기 위해 강해지는 것.

이보다 더 좋은 기회는 없을 것이다. 신단을 흡수하게 되면 분명 무열은 한 단계 더 뛰어올라 경쟁자들보다 우위에 서게 될 것이다.

할짝.

그때였다.

어미가 죽어가는 것을 아는 걸까. 아직 눈도 제대로 뜨지 못하는 알카르의 새끼가 본능적으로 알카르의 이마를 핥았다.

[구으으…….]

마지막 힘을 쥐어짜 낸 알카르가 커다란 눈망울로 자신의 새끼를 바라봤다. 그의 울음소리는 3대 위상이라 불리는 신적인 존재라고 하기엔 너무나도 가냘팠다.

"……."

그 순간, 새끼의 목숨을 구걸하는 알카르의 모습에서 마치 팽팽하게 당겨졌던 끈이 풀어지는 기분이었다.

무열의 검이 파르르 떨렸다.

"후우……."

낮은 한숨과 동시에 그는 잡고 있던 검을 천천히 내렸다.

"대장……?"

그 모습에 모두가 그를 주목했다.

"돌아간다."

"네?"

"하지만……."

"이곳 사람들의 말을 들었잖아. 3대 위상이 사라지면 대륙은 혼돈에 빠질 것이라고. 비록 지구에서 징집되었지만 우리들 역시 세븐 쓰론의 일부다. 대륙을 무너뜨리는 짓을 하진 않는다."

어째서일까.

새끼를 죽일 수 없는 이유.

조금 전 그 말은 낯부끄러운 핑계에 불과하다.

'그런가…….'

사실 무열은 이미 알고 있었다.

자신이 죽인 많은 사람 역시 그들을 기다리는 사람들이 있을 것이고 돌아가야 할 장소가 있다.

가족(家族).

힘을 잃고 죽어가는 어미의 앞에서 차마 새끼를 벨 수 없었던 그 이유.

'이제 와서…….'

우스웠다. 스스로도 위선(僞善)이라 생각되었으니까.

두 손에 이미 그토록 많은 피를 묻혔는데 이런 감정을 가진다는 것이 사치일지도 모른다.

그럼에도 불구하고 무열은 끝내 어린 신수의 목을 베지 못했다.

그때였다.

부르르르…….

부르르…….

알카르의 품 안에 있던 어린 신수가 아직 힘이 없어 파르르 떨리는 다리로 일어서려 안간힘을 썼다.

[후으으으…….]

한숨 같은 호흡을 토해내며 새끼는 몇 번이나 넘어졌다 일어섰다를 반복하더니 끝끝내 자신의 힘으로 천천히 걸음을 걷기 시작했다.

투명에 가까운 신수의 털이 바람에 흩날렸다. 그의 몸 안에 아직 다 녹지 않은 신단(神丹)이 빛을 내었다.

"오오……."

혈관을 따라 은은하게 퍼지는 그 빛이 천천히 신수의 몸을 감싸자 신비로운 그 모습에 저마다 탄성을 지르고 말았다.

쿵.

벤퀴스 번슈타인은 그 광경을 보자마자 무릎을 꿇고는 고개를 숙였다.

생각지 못한 그의 행동에 모두가 놀랐지만 그를 따라 번슈타인가(家)의 가신들은 당연한 듯 그의 뒤에서 모두 무릎을 꿇었다.

"새로운 위상(位相)의 탄생이다."

그뿐만이 아니었다. 튤리 라니온 역시 고개를 숙이고 경배를 하듯 작은 신록을 향해 예의를 갖추었다.

"가자."

무열은 그 모습을 바라보다 몸을 천천히 돌렸다. 그의 부하들은 아쉬움이 가득한 얼굴이었지만 결국 그의 뒤를 따랐다.

그의 손엔 부러진 알카르의 반쪽 뿔만이 남아 있었다.

그때였다.

사박, 사박.

가녀린 발굽으로 땅을 밟고 이 세계를 딛는 새로운 세대의 신수가 처음으로 향한 곳.

"저…… 저런……!!"

"말도 안 돼."

뒤쪽이 소란스러워졌다.

그 소리에 모두가 뒤를 돌아봤다.

할짝.

그 순간, 어느새 걸어온 새끼가 무열의 옷깃을 입으로 잡아당기더니 작은 혀로 그의 손등을 핥았다. 따뜻한 온기가 순간적으로 느껴졌다. 카토 치츠카가 남긴 상처에서 흐르는 피가 그 혀에 닿자 놀랍게도 멈추었다.

"……."

무열은 자신도 모르게 새끼를 바라보고는 이마에 가볍게 손을 얹었다.

"신수가…… 강부열을 따른다?"

벤퀴스 번슈타인은 믿을 수 없다는 표정으로 무열과 새끼를 번갈아 가며 바라봤다.

"어떻게 이럴 수 있지? 정말로 위상(位相)이 인간에게 굴복하다니."

튤리 라니온은 자신의 눈으로 보는 광경임에도 불구하고 마치 꿈을 꾸는 것 같은 기분이었다. 북부 7왕국의 왕들에게 있어서 신수라는 존재가 얼마나 대단한 의미를 가지는지 잘 알고 있었으니까.

태어날 때부터 죽을 때까지 그들에게 위상은 경외의 대상이자 영원히 넘볼 수 없는 존재였다. 아무리 갓 태어난 새끼라 할지라도 그건 똑같았다. 자신들은 절대로 할 수 없는 일.

"정말…… 그의 말대로 되었어."

그녀는 막사에서 무열이 했던 말을 떠올리며 낮은 목소리로 중얼거렸다.

"……."

하지만 무열은 새끼의 모습을 보고 직감했다.

이건 굴복이 아니다. 그 스스로 선택한 것이다.

테이밍(Taming)으로도 얻을 수 없는 존재.

신이 인간에게 준 능력에서 벗어난 일.

무열은 스킬이 아닌 스스로의 힘으로 신수가 자신을 따르게 했다. 카토 치츠카조차 예상하지 못한 일이었다.

바로, 스킬의 영역을 뛰어넘는 사건.

47장
2차 전직

　착–!!!

　차착–––!!!!

　철갑이 부딪히는 소리가 경쾌하게 들렸다. 번뜩이는 창날이 하늘 위로 가득 솟구쳐 있었고 무열을 맞이하는 수백의 병사가 일제히 자세를 취하고 있었다.

　마치 영화 속의 한 장면처럼 잘 만들어진 성과 그 안에서 그들을 기다리는 신하의 모습을 보며 사람들은 저마다 작은 탄성을 질렀다.

　"휘유…… 멋진데."

　"대단하군……."

　세븐 쓰론에 와서 처음으로 제대로 된 거점을 보는 것일지 모른다. 처음부터 건축과 토목 스킬의 고(高)숙련도 보유자가 별로 없었던 상황이니 만들 수 있는 거점의 퀄리티는 떨어질 수밖에 없었다.

트라멜 역시 폐허가 된 요새를 다시 보수해서 만든 것이었으니 사실상 이토록 완벽한 성(城)을 볼 수 있다는 것이 놀라울 따름이었다.

"게다가 이 정도로 훈련된 병사들이 더 있으니……. 확실히 만만치 않겠어."

"괜찮을까요? 이대로 들어가는 게……."

윤선미는 번슈타인가(家)의 첫 번째 싱이자 왕싱(王城)인 그루비아에 도달하자 조금은 걱정스러운 목소리로 말했다.

어쩌면 적의 소굴에 제 발로 들어가는 것일지도 모른다. 42거점과 함께 자신들 역시 1,000명이 넘는 병력이 완성되었지만 번슈타인가(家)의 여덟 성에 잔존하는 병력이 모두 움직인다면 수천의 군세가 될 테니 말이다.

"걱정 마십시오. 주군께서 생각이 있으실 겁니다."

"그렇겠죠……?"

사뭇 긴장하는 그녀와 달리 오르도 창은 지그시 눈을 감으며 대답했다.

"괜찮을 거예요."

오히려 그런 윤선미를 다독인 건 놀랍게도 최은별이었다. 어린 소녀라면 이런 상황이 충분히 떨릴 만도 한데 그녀는 되레 흥분을 감추지 못했다.

확실히 변했다. 원래도 대담한 성격이었지만 윤선미가 보기에 최은별은 42거점을 다녀온 뒤에 더 달라졌다는 걸 느꼈다.

"어서 가요."

"으응."

최은별은 윤선미의 팔을 잡아당기며 궁 안으로 들어갔다.

"오오⋯⋯·!!!"

"설마 저건⋯⋯·!!"

윤선미의 걱정과 달리 왕성 안으로 들어오자마자 가신들은 오히려 영광스러움에 몸 둘 바를 모른다는 표정이었다.

"시⋯⋯ 시, 신록?!"

"어떻게 이곳에⋯⋯!!"

그들의 시선은 모두 무열의 옆에 서 있는 작은 백색 사슴에 꽂혀 있었다.

"봐요, 걱정할 필요 없죠?"

최은별은 궁 안의 반응을 보며 예상했다는 듯 팔짱을 끼고는 씨익 웃었다.

"귀빈이시다. 모실 준비는 확실히 했겠지."

"여부가 있겠습니까, 폐하."

벤퀴스 번슈타인은 신하의 대답에 고개를 끄덕이고는 무열을 바라봤다.

"이쪽으로."

목숨을 걸고 싸웠던 적이라는 느낌은 전혀 들지 않았다. 그건 튤리 라니온에게서도 마찬가지였다.

서로 영토를 두고 싸웠던 두 가문의 주인이 한곳에 모여 있는 것도 놀라운 일이지만, 그 두 사람이 같은 사람에게 예의를 표하고 있는 게 더 믿기지 않았다.

변화의 이유는 전쟁의 승패를 떠나 무열을 따르는 신록의 영향이 더 컸다.

신수가 택한 왕(神獸之王).

그것만으로도 북부 7왕국 중 알카르의 문장을 새긴 두 가문은 무열에게 충성을 맹세할 이유로 충분했다.

구그그그그그……

커다란 문이 열리고 거대한 홀(Hall)엔 화려한 옥좌 하나와 두 줄로 마주한, 신하들이 앉을 수 있는 기다란 책상이 놓여 있었다.

벤퀴스 번슈타인은 자신의 자리를 무열에게 내어주었다.

무열이 상석에 앉자 벤퀴스 번슈타인과 튤리 라니온이 무열의 양옆에 나란히 앉았고, 나머지 사람들이 그 뒤를 따라 앉

앉다. 오르도 창만은 자리에 앉지 않고 무열의 옥좌 뒤에 자신의 검인 흑운(黑雲)을 잡고서 섰다.

"번슈타인가(家)의 환대에 감사한다."

"별말씀을."

무열은 주위를 한번 훑고는 천천히 입을 뗐다.

"북부 7왕국 중 두 곳이 우리에게 힘을 실어주기로 하였다. 또한 알카르의 문장을 한 세 왕국 중 나머지 하나, 그란벨가(家) 역시 이쪽으로 이동 중이라고 한다."

그의 말에 모두가 집중했다. 옥좌 옆의 어린 신수는 투명한 천장의 유리를 통과해서 들어오는 빛을 받으며 몸을 웅크린 채 잠이 들었다.

"우리는 이곳에서 남은 북부 정벌을 위한 준비를 할 것이다."

웅성거림은 없었다. 이미 모두가 예상하고 있었고 그것 때문에 출전한 것이니까. 오히려 다들 기대에 찬 눈빛이었다.

"그렇기 때문에 지금 이 시점에서 가장 먼저 해야 할 것."

정적 속에서 들리는 무열의 목소리.

"랭크 업(Rank Up)."

그의 한마디에 그곳에 있는 사람들은 자신도 모르게 긴장이 된 듯 쥐고 있던 손에 힘을 주었다.

"랭크 업이라……."

최혁수는 자신도 모르게 낮은 목소리로 중얼거렸다.

그의 기분이 어떤지 잘 안다. 애초에 칸 라흐만과 마찬가지로 이미 랭크 업을 위해 트라멜을 떠나야 했던 사람들이었다. 그중에는 무열도 있었다.

"당초 계획은 42거점을 확보한 뒤에 그곳의 경비를 단단히 구축한 뒤에 각자의 랭크를 올리기 위한 여정을 떠나려고 했었다."

무열은 말을 잠시 끊고서 양쪽의 두 사람을 번갈아 바라봤다.

"하지만 현시점에서 번슈타인가(家)와 라니온가(家)의 동맹이 이뤄졌기 때문에 좀 더 그 계획을 앞당길 수 있게 되었다."

만약 두 왕국이 무열의 산하에 들어오지 못했더라면 그들의 공습에 대비해 트라멜의 병력을 42거점으로 이동시켜야 했다. 또한 빠진 병력에 대한 보충으로 새롭게 유입된 트라멜 병사들의 훈련에도 집중해야 했기에 랭크 업은 더 늦어질 수밖에 없었다.

'하지만 이제 그 모든 게 앞당겨졌다.'

산맥에서의 전투는 분명 희생이 따랐지만 그 덕분에 얻은 것이 훨씬 더 많다.

"지금 랭크 업을 해야 할 사람들이 누구지?"

"저와 혁수, 그리고 윤선미 양입니다."

강찬석이 기다렸다는 듯 말했다. 그들은 악마군과 흑암을 물리치며 얻은 숙련도로 꽤 오래전 숙련도가 모두 채워졌음에도 불구하고 무열의 북부 정벌을 돕기 위해 남아 있었다. 하지만 더 이상 늦어져 등급을 올리지 못하면 전체적인 능력치 향상에 악영향을 끼치게 될 것이다.

"필립, 넌 이미 랭크 업과는 상관없는 것으로 알고 있는데. 맞나?"

무열의 말에 그는 고개를 끄덕였다.

"그래, 나는 스킬의 숙련도가 올라가면 저절로 랭크가 변화하니까."

생산자 이외에도 유니크 클래스 중에 한 클래스에 특화된 직업들 중에는 따로 던전에서 랭크 업을 하지 않는 것도 있다.

필립 로엔의 1차 직업은 평범한 창병에 불과했지만 그가 얻은 흑참칠식(黑斬七式) 때문에 그는 이제 유니크급의 직업으로 변화했다.

"네가 알려준 덕에 칠식의 후반부를 얻어 이미 난 끝났지."

필립 로엔은 기분 좋은 웃음을 지으며 의자 옆에 세워놓은 기다란 창을 가리켰다.

"좋아, 당분간 강찬석과 내가 빠지는 자리를 네가 대신 맡아야 할 거다."

"맡겨다오. 너희들이 돌아올 때까지 안전하게 지키고 있을 테니."

"라캉 베자스, 그리고 최은별. 두 사람의 역할이 중요하다는 건 잘 알고 있겠지. 이번에 선별한 50명의 무악부대를 중심으로 새로 유입된 두 가문의 병사들과의 조율이 필요할 거다."

"알겠습니다."

"그리고 두 가문은 병력의 일부를 빼 트라멜과 42거점에 방위를 지원하길 바란다. 동부 지역이 아직 위태로운 상황이니까."

"네, 번슈타인가와 라니온가 모두 500명의 사병을 지원하기로 하였습니다."

"좋아, 하지만 그 병력의 지휘자로 믿을 만한 가문의 사람도 함께 와야 할 것으로 보이는군."

"어떤……?"

무열은 탁자를 몇 번 손가락으로 두들기고는 말했다.

"레빈 번슈타인과 휴 라니온, 두 사람이 괜찮을 것 같군."

"……!!"

"……!!"

두 사람의 이름이 호명되자 벤퀴스와 튤리는 자신의 감정을 숨기기 어려웠다.

고작 일곱 살밖에 되지 않은 라니온가의 막내와 비록 막내는 아니지만 몸이 허약한 열두 살의 번슈타인가의 셋째.

무열이 그들을 호명한 이유야 명백했다.

비록 무열의 산하에 들어갔다고는 하지만 대규모의 병력이 있는 두 가문이다.

만일을 대비한 인질(人質).

단순히 사람을 믿는 것만으로 이 난세를 헤쳐 나간다는 건 이상에 불과하다는 걸 누구보다 잘 알고 있었으니까.

"알겠습니다."

먼저 대답을 한 것은 의외로 벤퀴스였다. 누나인 튤리와 다르게 형제들뿐인 번슈타인가에서 유약한 아이가 할 수 있는 일이란 그런 것임을 인정하고 있었으니까.

"라니온가는?"

"……말씀에 따르겠습니다."

그녀의 확답까지 듣고 난 뒤에 무열은 고개를 끄덕였다.

"좋다. 그럼 다음으로 넘어가지. 다들 알겠지만 랭크 업 던전은 알려지지 않았지만 숙련도가 최대치가 되면 자신의 직업에 맞는 랭크 업 장소가 머릿속에 나타난다."

"네."

"세 사람은 어디로 갈 생각이지?"

"일단…… 저는 남부 지역으로 갈 생각입니다. 경기장에서 1차 직업을 얻진 못했지만 2차 전직은 남부에서 해볼 생각입니다. 성마(成魔)의 광산으로 가야 할 것으로 보입니다."

"으흠, 그렇군."

같은 1차 직업이라 하더라도 그동안 어떤 식으로 스킬을 올리고 능력치를 높였느냐에 따라 2차 전직의 장소가 달라진다.

무열은 강찬석의 말에 고개를 끄덕이고는 말했다.

"윤선미, 너 역시 남부로 가야 하지 않나?"

"네? 아…… 네, 맞아요."

자신의 전직 위치를 이미 알고 있는 무열의 모습에 윤선미는 살짝 놀란 듯 말했다.

다른 사람들의 1차 전직 장소인 남부 경기장이 그녀에게는 2차 전직 장소였다. 그리고 이미 그걸 알고 있는 무열에겐 특별한 일도 아니었다.

"두 사람의 행선지가 같아서 다행이군. 쿠단, 넌 두 사람과 함께 남부로 가 이들을 안내해 주도록 해."

"알겠습니다."

"그리고 성마의 광산으로 가기 전에 강찬석은 선미에게 비약을 받도록 하고. 마지막 공략 시점에서 정기의 비약이 필요할 거야."

"그렇게 하겠습니다."

"비약의 효과가 끝나면 오히려 능력치가 감소된다는 걸 잊지 마라. 또, 마지막 시점이라는 걸 명심해."

강찬석은 지금 당장은 그의 말뜻을 이해할 수 없었지만 의문은 품지 않았다. 그게 그의 가장 큰 장점이었으니까.

"좋아, 나머지 안건들에 대해선 천천히 이야기하도록 하지."

무열의 말에 사람들은 그제야 긴장을 풀었다. 산맥에서부터 이곳까지 오는 동안 꽤 오랜 시간을 걸었다. 성 밖에서 휴식을 취하고 있는 병사들만큼 그들 역시 지쳐 있었다.

"연회 준비가 끝났습니다. 자리를 옮기시죠."

번슈타인가의 노집사가 회의가 끝나는 것을 기다렸다가 조심스럽게 말을 꺼냈다. 벤퀴스는 그의 말에 고개를 끄덕이고는 무열을 향해 말했다.

"북부에 오신 것을 환영합니다."

✴

"2차 전직…… 왜 저는 안 물어보셨어요?"

늦은 밤.

최혁수는 무열을 찾아왔다. 연회가 한창인 성안은 여전히 소란스러웠고 충분한 술과 음식 덕분에 오랜만에 병사들 역시 기분 좋은 휴식을 취하고 있었다. 단 한 사람을 제외하고.

"글쎄."

연회를 뒤로하고 공터에서 홀로 수련을 하는 무열은 최혁수의 물음에 고개도 돌리지 않은 채 계속해서 검을 휘둘렀다.

"에이, 그러지 말구요."

"뭐로 할 생각인데?"

"저는 뭐…… 환술사에서 전직을 할 수 있는 건 두 가지니까요."

최혁수의 말에 무열은 고개를 끄덕였다.

환술사의 2차 전직은 '풍수사(風水士)'와 '역술사(曆術士)'였다.

자연계 원소의 힘을 더욱 극대화시켜 진법의 위력을 증가시킨 직업이 풍수사라면, 역술사는 원소가 아닌 해, 달, 별의 운행을 읽는다는 의미에서 공격 계열이 아닌 보조 계열의 스킬에 특화되어 있는, 말 그대로 전쟁의 큰 흐름을 짚어내는 유니크 클래스였다.

대부분의 환술사는 풍수사로 전직을 하는데, 역술사는 전략적인 클래스이기에 개인의 전투 능력은 더욱 떨어지고 지휘와 관련된 스킬이 특화되기 때문이다.

"마음을 정했나?"

"네."

무열은 최혁수의 2차 직업이 뭔지 알고 있다. 그렇기 때문에 묻지 않았다.

"역술사로 전직할 겁니다."

"……."

그 순간, 그는 휘두르던 검을 멈추었다.

"풍수사가 아니라?"

"네."

무열은 최혁수의 말에 짐짓 놀라지 않을 수 없었다.

평범한 환술사라면 열에 아홉은 모두 풍수사로 전직한다. 레어 클래스인 환술사에서 2차 전직을 할 때 풍수사는 그대로 레어 등급이지만 역술사는 유니크 등급으로 오른다.

그 이유. 절대로 역술사가 더 강해서 아니다. 더욱 특수하기 때문.

왜냐면 역술사는 흔하지 않은, 부대에 사용할 수 있는 버프와 적군에게 사용 가능한 디버프 계열의 스킬들을 새로이 익힐 수 있지만, 등급이 올라가는 것일 뿐 풍수사에 비해 대인 살상 능력이 현저하게 떨어진다.

'세븐 쓰론에서 살아가기 위해서 가장 중요한 건 그 자신이 죽지 않는 것.'

그런 의미에서 역술사는 최약체 직업이 될 수밖에 없다.

그 직업을 선택하는 이유는 단 하나뿐이다.

'믿을 수 있는 동료가 있을 때.'

역술사라는 직업은 절대로 혼자서 전세를 역전시킨다거나 뭔가를 할 수 있는 직업이 아니다. 하지만 반대로 권세가 완성되어 있는 상태라면 가장 큰 힘을 가질 수 있는 직업이기도 했다.

"역술사가 된다는 게 무슨 의미인지는 알고 있지?"

"네."

이미 마음이 굳힌 듯 보였다. 절대로 쉽지 않은 결정이었을 것이다.

'변했군.'

어렴풋이 예상하고 조금씩 기대하고 있었던 마음.

더 이상 병사를 승리의 도구로 사용하던 냉혹한 책사는 존재하지 않는 듯했다.

대륙은 다시 한번 격변할 것이다. 그 거대한 바람의 중심에 자신이 있을 것이고, 그 바람을 일으키는 건 최혁수를 비롯한 자신의 사람들일 것임을 무열은 직감했다.

"오르도 창을 붙여주마. 함께 다녀와라."

무열은 검을 두고 그의 머리 위에 툭 하고 손을 얹고는 지나가는 듯 말했다.

대륙은 여전히 위험이 가득했다. 랭크 업을 위해 떠나는 여정에서 분명 많은 사건이 생길 것이다.

무열의 가장 측근이자 심복인 오르도와 함께 가라는 것이 어떤 의미인지 최혁수는 충분히 알고 있었다.

"최혁수."

무열은 걸음을 멈추고 잠시 고개를 돌렸다.

"끝까지 함께해라."

"네?"

생각지 못한 그의 말에 잠시 당황스러운 듯 보였지만 이내 곧 최혁수는 피식 웃으면서 말했다.

"그럼요."

48장
안티훔 대도서관

"드디어 도착인가."

무열은 나무에 기대어 물병을 꺼내 물을 한 모금 마시고는 자신의 옆에 기대어 있는 신수의 턱을 가볍게 쓸었다.

"마력장 때문에 서펀트를 탈 수 없어서 제법 고생했단 말이지. 안 그래? 아키."

작은 사슴은 무열의 손길이 기분 좋은 듯 그의 손등을 핥았다.

"뮤~"

"이름이 마음에 드나 보구나."

무열은 그 모습에 피식 웃고는 몇 번 더 아키의 이마를 쓰다듬었다. 테이밍 스킬이 적용된 것이 아님에도 불구하고 갓 태어난 신수는 무열을 따랐다.

사실 어쩌면 이것이 지극히 당연한 일일 것이다. 건물을 짓고, 탈것에 오르고, 동물을 길들이는 것까지 스킬(Skill)로 나뉘어 있는 세계야말로 비정상적인 것이니까.

"다들 잘 가고 있으려나. 다시 만나게 되려면 꽤 오래 걸리겠지."

3거점에서 헤어진 뒤 반년. 약속한 대로 모두가 트라멜에서 만났다. 그 후 많은 일이 있었고 끝끝내 무열은 트라멜의 영주가 되어 남부 5대 부족과 42거점을 비롯해 북부 7왕국 중 두 곳을 얻었다.

남부 5대 부족의 병력 3천, 트라멜과 42거점의 2천 명과 북부의 가문들의 병력 6천 명. 1만에 가까운 권세가 지금 무열의 아래에 놓여 있었다.

사실상 이제는 명실상부한 대륙에서 가장 큰 세력 중 하나라고 해도 과언이 아니다.

'드디어 여기까지 왔다.'

무열은 물병을 인벤토리 안으로 넣으며 하늘을 바라봤다. 하급 병사에 불과했던 자신이 이번 생에는 권좌를 노릴 만큼 대단한 위치에 서게 되었다.

인간군 최강자. 아직도 대륙에는 많은 강자가 있지만 섣불리 무열에게 대항할 자는 이제 없을 것이다.

'하지만 여기서 끝이 아니지.'

천천히 자리에서 일어선 무열은 고개를 돌렸다.

아직, 더 큰 전쟁이 남아 있다.

'분명 내가 아는 미래와 조금씩 바뀌고 있다'

단순히 그의 영향 때문이 아니다. 그렇다면 인간계라고 할수 있는 세븐 쓰론의 미래만 바뀌어야 하니까.

그러나 엑소디아(Exordiar)가 열리기도 전에 마족과 악마족의 침입이 있었다.

'종족 전쟁이 일어나기 전에 이미 차원이 연결되어 있다면 더 이상 다른 차원의 침입에 대해서도 안전하다고 할 수 없다.'

바뀐 미래만큼 더 이상 종족 전쟁이라는 대격변이 꼭 그가 알고 있는 시기에 일어날 것이라는 보장도 없어졌으니까.

부족한 것은 시간.

언제고 일어날 위기를 대비하기 위해서 자신은 더 강해져야 한다.

'다시 달려 나가야 한다.'

무열은 눈앞에 있는 건물을 바라보며 생각했다.

커다란 탑은 그 끝을 알 수 없을 정도로 높았고, 풍파를 맞은 오래된 해골들이 여기저기 문에 걸려 을씨년스러운 분위기를 만들어냈다.

마법사는 오직 두 가지 중 하나의 학파만을 선택할 수 있다.

절대 불가능이라고 생각되던 법칙을 깨기 위해 무열은 누구도 생각지 못한 발상을 떠올렸다.

오직 그만이 할 수 있는 일.

다른 직업의 사람들은 숙련도가 최대치가 되었을 때 자신의 2차 전직 장소가 저절로 머릿속에 떠올랐다. 그러나 무열은 그들과는 달리 생각나는 장소가 없었다. 마치 스스로 개척하라는 것처럼.

그는 하나의 직업이 아니다. 유일무이한 듀얼 클래스(Dual Class). 그렇기 때문에 가능한 일이었다.

그가 선택한 2번의 2자 전직을 할 장소.

바로, 여명회와 불멸회.

'두 곳의 주인이 된다.'

"좋아……."

마음을 먹은 무열이 해골로 되어 있는 문의 손잡이를 잡고 천천히 마력을 끌어올렸다. 그러자 손잡이에 달려 있는 해골의 두 눈에서 옅은 빛이 뿜어져 나오더니 입에서 흘러나오는 검은 연기가 그의 팔을 감쌌다. 마치 그의 마력을 확인하는 것처럼 그의 몸을 훑고 지나가고 나서야.

철컥.

잠금쇠가 풀리는 듯한 소리가 들렸다.

쿠그그그그그……

마치 곡성과 같은 소리와 함께 열리기 시작했다.

안티훔 대(大)도서관의 거대한 문이.

[안티훔 대도서관에 입장하였습니다.]

화르륵…….

어둠을 밝힐 횃불을 켜자 붉은색 메시지창이 떠올랐다.

'먼저 온 사람이 있었군.'

불가능한 일은 아니었다. 마력이란 분명 히든 스테이터스이기는 하지만 유일무이한 것도 아니고 무열이 알고 있는 던전 이외에도 분명 얻을 수 있는 장소들이 있었다.

게다가 이곳은 던전이 아니기 때문에 최초 발견자라 할지라도 일시적인 스테이터스의 버프는 있을지언정 숙련도에 영향을 끼칠 이렇다 할 특전은 존재하지 않는다.

'이제 1년. 이 시기에 마력을 얻고 불멸회에 입회를 한 사람이라면…….'

무열의 기억 속에 그런 일이 가능한 사람은 단 한 명뿐이다.

상아탑의 주인이었던 데인 페틴슨과 세기의 라이벌이라 불렸던 한 사람. 7클래스 마법사였던 '하미드 자하르'.

'여명회와 불멸회의 마법사들은 소수를 제외하고는 어떤 권

세 안에도 들어가지 않았다. 그들이 중립을 유지한 덕분에 종족 전쟁에서 그 정도로 싸울 수 있었지.'

마법사들은 권좌를 두고 싸웠던 보통의 사람들과 달리 그들은 권좌에 욕심을 두지 않았다. 그들은 단지 자신들의 영역을 침범하는 자들에게만큼은 무자비할 뿐이었다.

'하긴…… 그들이 정말로 전쟁에 참여했다면 종족 전쟁은커녕 인류의 존속부터 걱정했어야 했겠지.'

물론, 두 학파가 세븐 쓰론에 있으면서 단 한 번도 싸움에 참여하지 않은 건 아니다. 권좌에 욕심을 두지 않았지만 반대로 두 학파끼리의 싸움은 치열했으니까.

딱 한 번. 두 세력이 제대로 맞부딪힌 적이 있다. 셀 수 없을 정도로 많은 사람이 죽고 그 피해는 권세끼리의 전쟁과는 비교도 할 수 없을 정도였다.

'대마도서(大魔圖書) 폴세티아.'

대륙의 지도를 바꿀 정도의 엄청난 위력을 가진 그 책은 인간계 최강의 무구라 불리는 검의 구도자와 비견될 정도였으며 그 등급 역시 같은 SSS급이었다.

'검의 구도자와 폴세티아를 모두 쓸 수 있다면…….'

무열은 그 생각만으로도 가슴이 뛰었다. 그는 번슈타인가의 대대로 내려온 가보인 혈맹의 소검을 꺼냈다.

작은 단검처럼 생긴 그 아이템은 신기하게도 검날엔 날이 없고 그저 둥근 홈만이 여섯 개가 나 있을 뿐이었다.

그러나 무열은 그것을 본 순간, 이 소검이 검의 구도자를 얻는 퀘스트 아이템이라는 것을 직감했다.

탈칵.

무열은 튤리 라니온에게서 얻은 은빛 서슬의 보석을 혈맹의 소검에 있는 홈에 끼워 넣었다. 경쾌한 소리와 함께 보석이 검날에 장착되었다.

'역시……'

남은 홈의 개수는 다섯 개.

'다른 가문들도 보석이 있을 것이다. 북부 7왕국을 모두 통합하고 남은 보석을 모두 혈맹의 소검에 채워 넣었을 때 검의 구도자를 시작할 수 있을 거다.'

그중 알카르의 문장을 가진 그란벨가(家)는 이미 무열의 산하에 있었기 때문에 실제로 공략해야 할 왕은 이제 네 명이었다.

'두 탑을 공략한 뒤 북부의 남은 왕국들을 정리하면 된다. 그렇게 되면 휀 레이놀즈나 카토 치츠카라 할지라도 쉽사리 권좌에 도전하지 못할 터.'

개인의 강함뿐만 아니라 세력의 강함을 동시에 취한다면 불필요한 전쟁으로 인한 피해를 감수하지 않아도 될 것이다. 종족 전쟁에서 인간군이 패한 가장 결정적인 이유는 권좌를

정하는 동안 너무 많은 실력자가 죽은 것이니까.

'압도적인 힘으로 싸울 엄두조차 내지 못하게 한다.'

그것을 가능하게 하기 위한 것이 바로 검과 마법 두 개의 힘을 모두 얻는 것.

그건 단순히 강무열이 강해지는 것만을 의미하는 것이 아니다.

강찬석과 오르도 창, 최혁수…….

검(劍)으로 비견될 수 있는 자들을 얻었다.

'이제는…….'

끝까지 대립했던 두 학파가 모두 그의 아래에 떨어진다면 무열은 전대미문의 힘을 얻게 될 것이다.

데인 페틴슨과 하미드 자하르.

'그 둘도 내가 얻겠다.'

무열의 생각이 끝남과 동시에 마치 기다렸다는 듯 어둠 속에서 목소리가 들렸다. 사람의 것이 아닌 듯한 붉은 눈동자가 깜빡거린 뒤에 쇠를 긁는 듯한 거친 목소리가 그를 반겼다.

"대도서관에 오신 것을 환영한다, 이방인이여."

착, 착, 착.

갑자기 복도의 촛불이 순차적으로 켜졌다.

"……."

무열은 입맛을 다시고는 들고 있던 횃불을 끄고 나지막한 목소리로 말했다.

"아까운 불만 쓰게 만드는군. 이왕이면 좀 더 빨리 나오지? 사서(司書), 베네딕."

"클클클……."

탁자 위에 앉아 턱을 괴고 있는 남자는 언뜻 보기엔 시체가 말을 하는 것 같았다.

"놀랍군. 저건…… 설마 신수인가?"

"네가 관심을 가질 일은 아닐 텐데."

"크큭……. 마법사란 모름지기 세상의 모든 일에 관심을 가져야 하는 법이거든."

웃을 때마다 누런 이가 기분 나쁘게 보였다.

"게다가 이곳에 있으면 지루하거든. 수년간 들어오는 자의 수가 손에 꼽힐 정도니까."

"쓸데없는 소리 하지 말고 어서 책이나 보여주지."

"성격이 급한 손님이로군."

무열은 아키를 자신의 뒤로 조심스럽게 밀고는 베네딕이 앉아 있는 곳으로 걸음을 옮겼다.

철컥.

그가 구부정한 자세로 걸음을 옮겼다. 손에 들린 열쇠꾸러미 중 뭔가를 찾더니 그중에 하나를 끼워 넣었다.

"……."

그러고는 천천히 힘을 주자 그의 손에서 흘러나오는 빛이 찬장에 스며들었다.

단순히 벽으로 보였던 뒷문이 세로로 갈라지며 열리자 그 안에는 빼곡하게 꽂혀 있는 책들이 장관을 이뤘다.

"상아탑에서도 이런 걸 볼 수 없지. 자넨 운이 좋아. 아직 찾아온 손님이 별로 없거든."

베네딕은 자랑스러운 듯 말했다.

수백 권의 책은 모두 다 다른 것이었다. 그만큼 많은 종류의 마법.

안티홈 대도서관은 2차 전직의 장소이지만 그와 동시에 스킬북을 구입할 수 있는 곳이기도 했다. 대륙에서 가장 많은 마법을 보유하고 있는 곳이라 해도 과언이 아닐 것이다.

"자, 골라보게."

하지만 이토록 많은 마법서가 눈앞에 있음에도 불구하고 무열은 관심이 없는 듯 보였다.

"이거 말고."

"……음?"

무덤덤한 그의 반응에 오히려 놀란 건 베네딕이었다. 무열은 아무렇지 않게 손을 들어 가리키며 말했다.

"서재의 뒤에 있는 책들."

"……."

순간, 그의 말에 베네딕의 표정이 가볍게 일그러졌다.

"이거야 원…… . 놀랍군. 설마 암흑서(暗黑書)를 알고 있단 말이냐?"

"왜? 불가능한가?"

"크크…… 도서관에서 볼 수 없는 책은 없지. 이미 이곳에 들어왔다는 것만으로 최소한의 자격은 있다는 뜻이니까. 하지만…… ."

무열을 바라보며 그는 기대하는 표정으로 말했다.

"죽을지도 모른다."

하지만 그 기대마저 무시하며 무열은 지겹다는 표정으로 베네딕에게 말했다.

"말이 많군."

크르르르르르…… .

괴물이 포효하는 것 같은 소리와 함께 빼곡하게 책장이 다시 한번 갈라졌다. 그 안에는 쇠사슬로 꽁꽁 묶여 있는 검은색의 책 한 권이 놓여 있었다.

"크크크…… . 목숨 아까운 줄 모르는 녀석이군. 좋다. 살려 달라고 애원해도 구해줄 생각은 없지만 죽게 되면 내 실험 재료로 써주지."

그는 무열의 말에 누런 이를 보이며 씨익 웃었다.

"도전(挑戰)의 서."

봉인되어 있는 검은색의 책 한 권이 천천히 서재에서 내려와 그의 손에 들려졌다.

[키륵…… 키륵…….]

묶여 있는 쇠사슬을 풀자 살아 있는 눈동자 같은 것이 책 맨앞에 표지에서 깜빡거리며 움직였다.

베네딕은 천천히 말했다.

"사서의 권한으로 열람을 허가한다."

무열은 천천히 눈을 떴다.

이제는 익숙한 어둠 속에서 저 멀리 한 줄기의 빛만이 위에서 내려와 지면을 밝히고 있었다.

"악취미로군."

그는 빛 아래에 있는 뭔가를 바라보고는 인상을 구겼다.

[크르르르르…….]

미라처럼 붕대를 칭칭 감고 있는 괴물.

양팔은 기형적으로 길고 양손에는 검인지 지팡인지 알 수 없는 낡은 막대가 쥐어져 있었다. 살아 있는 것처럼 두 자루의 검은 푸른빛을 띠다 검은빛을 띠며 일렁거리고 있었다.

주르륵…….

머리로 보이는 붕대에서 진득한 진액이 흘러내렸다. 마치 침을 삼키지 못하고 뱉어내는 것처럼.

붕대 사이로 언뜻 보이는 것은 앙상한 뼈. 살 한 점 없어 보이는 육체를 감싸고 있는 붕대는 마치 허공에 떠 있는 것 같았다.

"슬레이브(Slave)."

무열은 눈앞에 있는 괴수의 정체가 익숙한 듯 낮은 목소리로 중얼거렸다.

"저걸 불멸회에서 만든 거였군."

종족 전쟁이 시작되고 네피림들과의 전쟁에서 수세에 몰렸던 인간군을 전멸의 위기에서 구하며 오히려 역전의 기회를 만든 불사의 부대가 있었다.

"조금 모습은 다르지만……."

무열은 그 괴물들의 최초가 바로 눈앞에 있는 저것이라는 직감했다.

지이이잉…….

슬레이브의 가슴에 달린 연녹색의 펜던트에서 번뜩이는 빛이 터져 나오는 순간.

[크아아아아!!!!]

녀석이 갑자기 커다란 입을 벌리며 튀어나왔다.

콰아아앙———!!!!

양손에 달린 검이 그대로 바닥을 내려쳤다. 어둠의 공간에서 바닥이 부서지거나 파편이 튀어 나가지는 않았지만 지축이 흔들릴 정도의 엄청난 충격이었다.

파카카캉!!

하지만 조금 전 무열이 서 있었던 곳은 비어 있었고 굉음 뒤에 기다렸다는 듯 연이어 검격의 소리가 울렸다.

사방으로 튀는 불꽃.

엑스 자로 교차한 무열의 뇌격과 뇌전이 각기 다른 빛으로 감겼다.

그 순간, 교차된 두 검의 지점에서 날카로운 검기가 응축되며 쏟아졌다.

필립 로엔과 함께 만든 무열의 스킬.

마력과 암흑력을 충돌시켜 엄청난 위력을 만들어내는 이 검술은 열에 일곱은 성공하지만 아직 완벽하게 스킬화가 되지 못했다.

하지만 두 사람은 이 검술이 성공한 순간 누구랄 것 없이 같은 이름을 붙이는 데 동의했다.

섬격(殲擊).

콰가가가가가가가———!!!

콰가가강———!!!

있는 힘껏 뇌격과 뇌전을 아래로 긋는 순간, 눈으로 좇을 수 없을 정도의 엄청난 속도의 검기가 슬레이브를 덮쳤다.

"……!!"

모든 것을 베어버릴 것 같은 날카로운 일격.

섬광이 번뜩이며 일순간 어둠이 사라지고 빛으로 가득 찬 그때, 그 빛을 뚫고 한 자루의 검이 무열을 향해 쇄도했다.

카앙!!!

황급히 무열이 검을 들어 자신의 급소를 노리는 검을 막았다.

"……큭!"

파앙!! 파아아앙!!

공격은 거기서 끝나지 않았다.

두 자루의 검이 서로 맞부딪쳤다. 체력 소모가 심한 섬격으로 생긴 약간 틈조차 놓치지 않고 슬레이브는 계속해서 무열을 향해 검을 휘두르며 그를 몰아세웠다.

촤아아악…… · !!

무열의 팔에서 붉은 피가 뿜어져 나왔다.

하지만 그는 고통보다 자신의 검술이 먹히지 않았다는 것이 더 당황스러울 뿐이었다.

"어떻게……?"

황급히 뒤로 물러서며 무열은 다시금 어둠 속에서 우뚝 서 있는 슬레이브를 바라봤다.

펄럭…… 펄럭…….

녀석의 몸을 감싸고 있는 붕대가 너덜너덜해져 공중에서 흔들렸다.

펄럭이는 붕대 안에는 아무것도 없었다.

'대미지가 없는 건가?'

무열은 그 모습에 살짝 인상을 찡그렸다.

우우우웅…….

아니다. 자세히 보면 그 안에 있었던 척추와 팔다리의 뼈들은 무열의 공격에 완전히 산산조각이 나 있었다. 그러나 붕대 안에서 뼛조각들은 가루에서 점차 원형을 되찾아 가고 있었다.

'회복……?'

부서진 뼈들이 제자리에 위치하고 다시금 슬레이브가 자세를 취했을 때, 그의 몸을 감쌌던 붕대들이 펜던트에서 흘러나온 빛으로 일순간 물들었다.

"호오라……."

탁자에 기대어 앉아 있는 베네딕은 자신의 수정구를 내려다보며 흥미롭다는 듯 말했다.

"슬레이브에게 유효한 공격을 하다니. 운이 좋은 녀석이야.

불멸회의 마법은 단순히 마력만을 사용하는 것이 아닌데 말이야."

그는 무열이 들고 있는 두 자루의 검을 바라봤다.

"녀석 역시 똑같을 줄이야."

마력을 기초로 하여 암흑력을 사용하는 것이 바로 불멸회의 마법이었다. 이에 반해 여명회는 마력을 기초로 하여 신성력을 보조로 삼는다.

"마법학파는 오랜 세월을 지나면서 계속해서 발전했지. 그리고 내린 결론은 오직 마력만으로 두 힘의 조합을 이길 순 없다라는 것."

베네딕은 잠시 생각을 하는 듯 말을 멈추었다가 고개를 끄덕였다.

"아…… 꼭 그런 건 아니지만. 역사상 단 한 명을 제외하곤."

인정하기 싫다는 목소리였다. 하지만 이내 곧 그는 그 이름을 잊어버리려는 듯 고개를 젓고는 무열을 계속해서 바라봤다.

"방법을 찾은 건 행운이지만……."

방법을 안다고 모두가 성공하는 것은 아니다.

"이미 늦었어."

기껏 대미지를 주었다고 해도 그와 동시에 회복을 해버리는 괴물. 그게 바로 슬레이브의 진짜 무서운 점이었다.

"크크크……. 불멸회의 지식이 모두 담긴 역작이라고."

베네딕은 책상에 놓여 있는 노트를 펼쳤다. 그곳엔 여러 이름이 쓰여 있었다.

명부.

안티홈 대도서관의 도전의 서에 도전했다 죽은 사람들의 명부였다.

"아차……."

펜을 들던 그는 이마를 짚으며 고개를 저었다.

"나도 늙었나 보군. 녀석의 이름을 묻는다는 걸 깜빡했지 뭐야."

그러고는 귀찮다는 듯 다시 책을 덮고는 누런 이를 보이며 하품을 했다.

"뭐…… 상관없나. 어차피 죽을 녀석 한 명 더 는다고 달라질 것도 없으니."

지겨운 듯 자리에서 일어서려는 순간, 베네딕의 눈빛이 떨렸다.

"……어?"

믿을 수 없다는 듯한 표정이었다.

"그렇군. 내가 왜 그걸 잊고 있었지?"

무열은 자신을 향해 걸어오는 슬레이브를 바라보다가 뭔가 기억이 난 듯 피식 웃었다.

"마력 붕대."

세븐 쓰론에 존재하는 세 가지의 치유법 중 가장 광범위하게 사용되었던 것.

'그걸 최초로 발명한 건 여명회도 신전도 아닌 불멸회였어. 녀석들은 이걸 이용해서 불사의 부대를 만든 거였군.'

그 당시에는 몰랐다. 불멸회의 불사의 부대는 지금의 모습이 아닌 검은 갑옷과 같은 것으로 감춰져 있었기 때문이다. 같은 것이라고는 저 가슴에 걸린 펜던트뿐이었다.

'하지만 일반적인 마력 붕대와는 다르다. 치유법을 공표한 것과 달리 자신들만의 독자적인 방법으로 만든 것이겠지.'

일반적인 방법을 알림으로써 오히려 같은 방법이지만 자신들의 것을 특별하게 보이게 만드는 눈속임.

하지만 그럼에도 불구하고 무열의 눈을 사로잡는 것이 있었다.

"저 붕대에 들어 있는 건 암흑력인가."

단순히 마력 붕대가 아닌 그 이외에 다른 힘이 섞여 있었다. 그렇기 때문에 치유법임에도 불구하고 이런 공격적인 방법으로 사용할 수 있는 것이다.

"저런 방법으로 마력 이외에 다른 힘을 응용할 수 있는 거였군."

무열은 자신의 팔을 바라보며 피식 웃었다.

"어쩌면…… 이곳에서 섬격의 해답까지 얻을 수 있을지 모르겠군."

그는 상처 난 팔 위에 붕대를 감았다. 슬레이브의 일격에 벌어진 상처는 단순한 붕대법으로 치유할 수 없었다.

"만들어진 것만 써봤지 아직 마력이 익숙지 않아서 어떻게 만드는지 도무지 방법을 찾지 못했었는데 말이지."

우우우우웅…….

그의 손에 휘감겨 있는 붕대에서 옅은 빛이 흘러나오기 시작했다.

"검에 마력을 주입시키는 것과는 완전히 반대의 이론이었어."

무열은 슬레이브의 가슴에 있는 펜던트를 바라봤다.

"치료 효과를 위해서는 마력을 응집시키는 것이 아니라 계속해서 방출되도록 마력을 겉에만 바르다시피 하는 것이었군."

상처들이 순식간에 아물기 시작했다. 슬레이브는 그 모습을 보며 이해가 가지 않는 듯 고개를 꺾었다.

"덕분에 좋은 걸 알았다."

무열이 둘렀던 양팔의 붕대를 잡아당겼다.

좌르르륵---!!

[마력이 담긴 붕대를 만드는 데 성공하였습니다.]
[스킬의 이름이 변경됩니다.]
[완벽한 마력의 붕대법!!]
[붕대법의 숙련도가 대폭 상승합니다.]
[붕대법이 C랭크로 상승됩니다.]
[습득 포인트 증가 20%]
[붕대 회복력 증가 50%]

[완벽한 마력의 붕대법(C랭크)]
마력을 익힌 자만이 만들 수 있는 특수한 붕대법.
붕대에 담겨 있는 마력을 사용하는 방법에 따라 날카롭게 베인 상
처는 물론 자연계의 대미지를 빠르게 치료할 수 있으며 지속적인
회복력을 가질 수 있다.
[습득률 : 40%]

"오랜만이군. 검병부대에 있을 땐 이걸 지겹게 달고 다녔는
데 말이지."

무열은 감회가 새로운 듯 마력을 잃은 자신이 만든 붕대를
몇 번 더 바라보다 고개를 들었다.

"이게 방패막이가 되던 검병부대의 필수품이었거든. 단순히 상처를 치료하는 데에만 붕대를 쓰는 게 아냐."

그는 인벤토리 안에서 새로운 마력 붕대를 꺼내어 다시 한 번 상처가 났었던 팔과 다리에 묶었다.

우우우우웅…….

상처가 없는 곳에 감긴 붕대에서 흘러나오는 옅은 빛이 이번엔 사라지지 않고 계속 유지되었다.

"죽음이 두렵지 않은 것은 아니지만 우리 역시 살아남기 위해 너희와 똑같은 짓을 했거든."

아군의 이로운 효과를 줄 수 있는 환술 계열의 직업이라든지 드루이드, 혹은 힐러들은 다른 직업군에 비해서 그 수가 적었다.

한 부대에 기껏해야 수 명에 불과한 그들이 모든 병사에게 버프를 주는 것은 불가능한 일.

그것 때문에 고안된 방법이 바로 이것이다.

마력 붕대의 또 다른 기능.

"지속적인 치유 버프(Buff)."

상처가 나거나 체력이 감소되는 순간 붕대에 담겨 있는 치유 효과가 조금씩 사용자의 체력을 회복시킨다. 그것으로 인해 더 오래, 더 강한 전투를 가능케 할 수 있었다.

무열은 마지막으로 익숙하게 붕대와 자신의 검을 함께 묶었다.

"후우……."

목숨이 오락가락하는 전장 속에서 쉴 틈 없이 움직이다 보면 체력은 순식간에 떨어지고 검을 잡을 힘조차 남아 있지 않았다.

"밤을 새우며 싸우는 건 이골이 났지."

그런 곳에서 수년간을 살아남기 위해서 무열은 이렇게 싸웠다. 단 하루도 감았던 붕대를 푼 적이 없었다.

서서히 차오르는 체력을 느낀 무열은 들이마신 숨을 토해내며 말했다.

"다시."

콰아아아아앙……!!!!

콰강……!!

그의 말이 끝남과 동시에 어둠 속에서 엄청난 굉음이 터져나왔다.

"미…… 미친……."

수정구를 들여다보던 베네딕의 표정이 점차 더 일그러지기 시작했다.

콰앙———!!

뒤편에 잠긴 책장의 문이 폭발하듯 젖혀지면서 시커먼 연기를 내뿜으며 도전의 서가 바닥으로 떨어졌다. 폭발음에 베네딕은 수정구에서 시선을 떼고 천천히 고개를 들어 올렸다.

툭.

그의 앞으로 떨어지는 펜던트.

반으로 갈라져 부서진 그것은 안에 들어 있던 마력과 암흑력이 모두 소진되어 더 이상 제 기능을 발휘하지 못했다.

"다음 도전은?"

시커멓게 타서 재가 된 암흑서를 발로 툭 치며 말하는 무열의 모습에 그는 할 말을 잃은 듯 입을 다물지 못했다.

"어떻게……."

베네딕은 지금까지 오랜 세월을 살면서 이렇게 놀란 적은 처음이라고 생각했다.

"빨리. 안티홈의 도전은 두 개라고 알고 있는데."

"아니, 그건 또……."

뭐든지 알고 있는 것 같은 무열의 모습에 그는 뭐라 대답을 하지 못했다.

"인정할 수 없어! 육체가 없는 슬레이브는 검으로 잡을 수 없다. 오직 마법으로! 마법으로만 승리를 쟁취할 수 있다!! 그 힘을 증명해야 하기에 불멸회의 마법사가 될 수 있는 것이다!!

조금 전에 그건 마법이 아냐!!"

악에 받친 목소리로 소리를 지르는 베네딕의 모습에 무열은 가볍게 콧방귀를 뀌며 말했다.

"그럼 지금 이건?"

"으…… 으윽……!!"

무열이 꺼내 든 것. 그것은 마력이 담긴 붕대였다.

"단지 내 마력이 너희들이 만든 슬레이브의 것보다 강했을 뿐이다."

전투는 너무나도 단순했다. 마법을 사용하지 못하는 그였기에 무열은 그저 쉬지 않고 슬레이브의 육체를 베고 또 베었을 뿐이다.

펜던트 안에 담긴 마력으로 슬레이브가 회복되는 동안 무열 역시 모든 마력을 붕대를 만드는 것에 쏟아부어 자신의 상처를 회복했다.

"슬레이브의 목은 떨어지고 나는 지금 네 앞에 서 있다. 그것만이 사실이다."

말 그대로 체력전.

고귀한 마법사들에겐 절대로 상상조차 할 수 없는 진흙 싸움 끝에 무열은 결국 슬레이브를 잡아냈다.

그는 부서진 펜던트를 가리키며 말했다.

"마법이 가지는 미학(美學)? 전쟁에 있어서 그것보다 중요한 건 누가 두 발로 서 있는가일 뿐이다."

빠득.

베네딕은 처음으로 무열을 향해 강한 적의를 감추지 않고 적나라하게 보였다.

"네 녀석이 불멸회에 입회한다 하더라도 본회에 고하여 절대로 하이클래스의 마법사가 될 수 없게 만들겠다."

하지만 무열에겐 소용없는 협박이 먹힐 리가 없었다. 오히려 그는 협박에 입꼬리를 올릴 뿐이었다. 2차 전직을 하기 위한 마법사라면 애초에 이런 식으로 도전의 서를 클리어하지 않았을 테니까.

'쓸데없는 걱정이다, 베네딕. 애초에 불멸회에 입회할 생각도 없다.'

여명회 역시 마찬가지였다. 상아탑의 새 주인과 안티홈 대도서관의 새로운 사서는 데인 페틴슨과 하미드 자하르에게 맡기면 된다. 그가 원하는 것은 이미 만들어진 의회의 수장(首長)이 아니었으니까.

"시간이 없으니 잡설은 그만하고 두 번째 도전을 시작하지?"

"큭……."

무열의 말에 베네딕은 더 이상 거절할 수 없었다.

그는 도전(挑戰)의 서가 있었던 검은 서재에 있는 작은 열쇠 구멍에 열쇠를 밀어 넣었다.

철컥.

잠금쇠가 풀리는 소리와 함께 밑에 가려진 장막이 사라지면서 그 뒤에 도전의 서와 마찬가지로 잠금쇠가 채워진 책 세 권이 나타났다.

하지만 다른 것이 있다면 그 세 권의 책엔 도전의 서와 같은 눈알이 없다는 것.

"사서의 임무이다. 도전의 서를 통과한 자에게 주어지는 보상을 관리해야 할 임무. 네 녀석 따위에게 이런 숭고한 임무를 지켜야 한다는 것이 수치스럽군."

베네딕은 책장 안에 있는 세 개의 책을 무열의 앞에 늘어뜨리며 말했다.

"통과자에겐 특별히 이 중 하나를 고를 자격이 있다. 물론, 원한다면 도서관의 다른 책들도 가능하지만 이곳에 있는 그 어떤 마법서도 이 세 권의 책을 능가할 순 없을 거다."

말은 그렇게 하면서도 여전히 그의 말투는 가시가 돋아 있었다.

"흐음……."

모든 도전을 끝내야 보상이 있을 것이라고 생각했던 무열에게 뜻밖의 행운이었다.

'테두리가 보라색이군.'

스킬북인 마법서는 표지에 그려진 테두리의 색에 따라 마법의 등급이 나뉜다.

'최소 레어급의 마법들이다.'

찾아온 이득을 굳이 마다할 필요 없기에 무열은 천천히 자신의 앞에 있는 마법서를 살폈다.

[불멸회 마법 – 뱀독]
대상을 중독시켜 점차적으로 대상의 체력을 빼앗고 대미지의 10%만큼 자신의 체력을 회복한다.
만일 뱀독에 중독된 대상이 있을 시 시전자가 뱀독이 해제되기 전에 자신에게 같은 마법을 건다면, 시전자의 체력의 20%를 감소시키는 대신에 확률적으로 대상을 즉사(卽死)시킬 수 있다. 만일 실패 시 시전자는 추가적으로 체력의 40%를 잃는다.

비록 확률적이지만 즉사(卽死)라는 효과는 엄청난 메리트가 있는 스킬이었다. 게다가 실패 시에도 절반 이상의 체력을 잃기는 하지만 적어도 반동으로 대신 자신이 즉사를 하거나 하는 것도 아니다.

'하미드 자하르의 수제자였던 부란 무하가 즐겨 쓰던 마법이로군. 하긴 그러면 1차 도전의 서는 무난하게 클리어했겠지.'

무열은 뱀독을 두고 다음 마법서를 바라봤다.

[불멸회 마법 - 일곱 어금니]

시전자가 자신에게 거는 방어형 마법. 마법이 유지되는 동안 대미지를 입을 시 시전자가 받은 대미지의 일부를 적에게 되돌린다. 또한 대미지가 일곱 번째가 될 때마다 확률적으로 상대방에게 마비 효과를 일으킨다.

두 번째 마법서 역시 나쁘지 않았다. 상대적으로 체력이 약한 마법사들을 위해 만들어진 마법이겠지만 반대로 근접전을 주로 하는 무열에게 더 유용할 수 있었다.

"근본 없는 네놈이라도 욕심이 나나 보지? 하긴, 눈이 돌아갈 만한 마법들이지. 하지만 욕심내지 마라. 딱 하나만 고를 수 있으니."

베네딕은 천천히 마법서의 설명을 읽는 무열을 보며 당연히 그럴 거라는 듯한 말투로 말했다.

무열이 마지막 마법서를 확인하기 위해 고개를 돌렸다.

"음……?"

그 순간, 그의 눈빛이 가볍게 떨렸다. 잠시 말을 잇지 못한 무열은 눈썹을 찡그리며 베네딕을 불렀다.

"이봐."

"또 왜?"

신경질적인 그의 대답에도 불구하고 무열은 고개를 돌려

바라본 책장에 눈을 떼지 못한 채 말했다.

"저 책, 어째서 여기에 있는 거지?"

어느새 보상으로 획득할 수 있는 세 개의 마법서에는 관심이 없어 보였다.

'뭐야……?'

갑자기 변한 그의 태도에 베네딕은 이해가 가지 않는 표정으로 무열이 가리킨 곳을 바라봤다.

"아…… 저거."

심각한 무열과 달리 그 책을 확인하고 난 베네딕은 고개를 저으며 대수롭지 않은 듯 말했다.

"이 도서관이 생길 때부터 있었던 서적이다. 내가 사서가 된 지가 80년이 넘으니…… 내 윗대의 윗대, 그 이상 이곳에 있는 책이라는 거지."

"……."

"네가 신경을 쓸 일이 아니다. 같은 보라색이라 하더라도 저건 마법서도 아니니까. 쓸데없는 관심 끄고 너는 그냥 주어진 보상 중에 고르기만 해라."

그러나 베네딕의 말에도 불구하고 무열은 레어 등급의 마법서를 뒤로한 채 걸음을 옮겼다.

"이봐!!"

스르륵.

빼곡하게 진열되어 있는 마법서 중 한 권을 무열이 뽑았다.

"맞군."

책장에서 뽑힌 책이 무열의 손에 닿자마자 옅은 보랏빛의 빛을 뿜어내고는 사라졌다.

언뜻 보면 마법서와 착각할 수 있을 정도로 같은 보랏빛을 띠었지만 분명 그것은 달랐다.

[집정관 로안의 기록서-Ⅱ]
[안티훔 대도서관의 소장되어 있는 책으로 획득이 불가능합니다.]

붉은색 메시지창과 함께 무열의 손에 들려 있는 것은 다름 아닌 나락바위에서 얻은 기록서의 두 번째 권이었다.

"혹시…… 대도서관에 이 책의 세 번째도 있나?"

"없다. 정말 특이한 녀석이로군. 이렇게 많은 마법서가 있는데도 불구하고 그런 책에 관심을 보이다니 말이야."

"그럼 어디에 있을지 짐작이 가는 곳은?"

"불멸회는 오직 마법만을 연구한다. 그런 필요 없는 귀족들의 야사가 적혀 있는 쓸데없는 책 따위……."

"결론은 모른다는 말이야?"

빠득.

베네딕은 자신의 말을 잘라 버리며 무덤덤하게 말하는 무열의 모습에 신경질적으로 이를 갈며 말했다.

"누가 모른다고 했어? 나머지 한 권은 아마도 여명회 녀석들이 가지고 있을 거다."

"여명회? 상아탑에 세 번째 책이 있다는 말인가?"

"그러든지 말든지 내가 알 바는 아니지. 별 내용도 쓰여 있지 않은 책인데."

베네딕의 말에 무열은 황급히 고개를 돌렸다.

"이 책, 읽을 수 있단 말이야?"

"너…… 설마 까막눈이냐? 글자도 읽지 못하는 주제에 무슨 마법서를 익히겠다고. 정말 어이가 없는 녀석이로군."

"아니, 아니……. 그게 아니라 이 책을 열어 보는 게 가능하냐는 말이다."

무열은 다시 질문을 고쳤지만 오히려 그 덕분에 더욱더 베네딕은 이해할 수 없다는 표정을 지었다.

"봉인이 되어 있는 것도 아니고. 열어 보지 못할 이유가 어딨는데?"

"……."

베네딕의 말에 무열은 잠시 생각에 빠졌다.

'아이템의 잠금 효과는 외지인이 아닌 토착인에게는 다르게 적용이 된다는 말이로군. 새로운 사실을 알았어.'

물론, 각 책에 들어 있는 내용보다 세 권의 책을 모두 모아야만 숨겨진 내용을 발견할 수 있을 테니 어차피 부분적으로 읽을 수 있어봤자 소용없는 일이었다.

무열은 고개를 끄덕였다.

"결정했다. 도전의 서의 보상으로 이 책을 가지겠다."

그의 말에 베네딕은 어이가 없다는 듯 되물었다.

"……뭐? 지금 상급 마법서를 두고 그런 구닥다리 책을 달라는 말이냐?"

불멸회의 마법에 대해서 누구보다 자부심이 강한 그였다. 자신조차도 얻고 싶어도 얻을 수 없는 마법서를 눈앞에 두고도 관심이 없는 무열의 모습은 그로서는 용납할 수 없는 일이었다.

"그렇다."

하지만 베네딕의 말에도 불구하고 무열은 이미 마음을 굳힌 듯 보였다.

"마법서는 마석이 있다면 언제든 구할 수 있다. 하지만 이건 마석으로도 구할 수 없는 것이니까."

"하…… 미친. 네가 그 정도로 마석을 많이 가지고 있다는 말이냐? 이 마법서 하나가 몇 개의 마석이 필요한지 알기나 해? 왕국의 마법을 통째로 가져와도 이 셋 중 하나를 겨우 살까 말까 하단 말이다!!"

"그래, 내겐 모든 마법서를 구입할 만큼 마석은 없다. 하지만 처음부터 마법서를 구입할 생각은 없었다."

"……뭐?"

"사지 않고 모든 마법서를 열람할 수 있는 방법을 아니까."

"설마……."

베네딕은 그의 말에 얼굴을 구겼다.

"네 녀석…… 설마 내 자리를 넘보겠다는 말이냐? 시건방진 놈!! 안티홈 대도서관의 사서를 물로 봐도 한참 물로 봤군."

"아니."

노성을 지르는 베네딕의 태도에 무열은 차갑게 말했다.

"평생을 도서관에 갇혀 사는 사서 따위는 줘도 안 가진다. 게다가 사서가 되어도 진짜 고위급 마법서는 열람을 할 수도 없잖아?"

"그, 그럼……."

"도서관의 주인."

"……!!!"

"사서의 권한을 뛰어넘어 비록 마법서를 반출할 수는 없으나 이 안에서 모든 마법서를 볼 수 있고 배울 수 있는 유일한 위치."

"미, 미친……."

무열의 말에 베네딕은 할 말을 잃은 듯 입을 들썩일 뿐이었다.

"게다가 어차피 내가 익히고자 하는 불멸회의 마법은 단 세 개니까."

순간, 그는 자신도 모르게 식은땀이 흐르는 걸 느꼈다.

세 개의 마법.

'아냐, 녀석이 그걸 알 리가 없다. 그건 불멸회에서도 극소수만 알고 있는데.'

그는 단지 우연히 겹쳐진 '셋'이라는 숫자 때문에 느껴지는 불안감이라고만 생각했다.

"네놈…… 도서관의 주인이 되기 위해선 뭘 해야 하는지 알기나 하고 하는 소리냐?"

"알지 못하면 애초에 말을 꺼내지도 않았겠지. 게다가 이걸 보고서 이제 확신했다."

무열은 로안의 기록서를 들어 보이며 말했다.

"7인의 원로회."

순간, 베네딕의 어깨가 움찔거렸다.

태초에서부터 세븐 쓰론이 탄생하여 지금의 인류가 만들어지기까지의 모든 억겁의 시간을 함께해 왔다고 알려져 있는 비밀 단체.

단순히 입에서 입으로 구전되는 대륙의 전설일 뿐이라 치부했다.

기록서에서 무열이 알 수 있는 내용은 단 하나였다. 집정관 로안이 7인의 원로회의 의뢰를 받아 이 책을 만든 것이라는 것.

'그리고 그 두 번째가 이곳에 있고 마지막 책은 불멸회와 상극인 여명회가 있는 상아탑에 있다.'

무열은 확신했다.

"불멸회와 여명회. 두 마법학파의 원류(原流)야말로 바로 7인의 원로회였군."

"⋯⋯!!!"

자신도 모르게 두 눈을 동그랗게 뜨며 베네딕은 마른침을 꿀꺽 삼키고 말았다.

이곳에 숨겨진 비밀.

단순히 도전을 끝내는 것이 끝이 아니었다.

무열은 그런 그를 바라보며 나지막하게 말했다.

"나는 이 모든 도전을 끝내고 7인의 원로회를 만나겠다."

49장
타락(墮落)

"7인의 원로회를…… 네가 감히?"

베네딕은 무열의 말에 가당치도 않은 이름을 거론한 양 손가락을 부르르 떨며 말했다.

"네 반응을 보니 확실히 내 생각이 맞나 보군."

무열은 들고 있던 기록서를 인벤토리 안에 집어넣었다.

[집정관 로안의 기록서-Ⅱ를 획득하였습니다.]

[안티훔 대도서관 도전(挑戰)의 서 완료 보상으로 습득 제한조건이 해제되었습니다.]

[현재 조건 불충분으로 열람이 불가능합니다.]

[열람 조건 : 기록서 3권 완성(2/3)]

이곳에서 기록서를 발견한 것은 천재일우의 행운이라고 할 수 있었다. 절대로 공존이 불가능할 것이라고 생각되었던 두 마법학회의 원류가 하나라는 사실을 알게 되었으니까.

'단순히 도서관과 상아탑의 주인이 되겠다는 내 목표가 이제 바뀌었다. 이렇게 된다면…….'

여명회와 불멸회.

내로라하는 대륙의 두 마법학회를 뛰어넘어 7인의 원로회를 자신의 편으로 만들 수 있게 된다면…….

'누구도 넘볼 수 없는 강력한 마법부대를 창설할 수 있게 된다.'

불멸회가 만든 불사부대와 더불어 여명회가 만든 광휘병사(光輝兵士)라는 마도부대는 랭크를 뛰어넘어 수많은 전장의 전세를 뒤집어 놓았던 전적이 있었을 만큼 대단한 부대였으니까.

"이…… 이익."

무열이 그 기록서를 가지고 가는 것을 아무리 사서라 할지라도 베네딕이 막을 방법은 없었다. 도전의 서의 보상 규율은 절대적인 것이었으니까.

"다음으로 넘어가지."

"……퉷."

베네딕은 무열을 노려보며 기분 나쁜 듯 바닥에 침을 뱉었다.

"사서치고는 도서관을 소중하게 생각하지 않는군."

"닥쳐라."

"훗……."

무열은 가볍게 한숨을 내쉬었다. 그의 심정을 이해하지 못하는 것도 아니었으니까.

본디 안티홈 대도서관의 사서는 누추한 모습과는 달리 그누구보다 스스로에 대한 명예와 자부심으로 가득한 사람이었다.

'하미드 자하르가 불멸회의 수장이 되어 종족 전쟁에 참여했을 때 그의 마지막을 지켰던 것이 바로 이 남자니까.'

그렇기 때문에.

"베네딕, 다시 날 보게 되면 그땐 건방지게 반말 따위를 할엄두도 내지 못할 거다."

"뭐?"

"날 섬겨야 할 테니."

무열은 그를 바라보며 나지막하게 말했다. 그러고는 도전의 서 뒤에 놓인 마지막 책의 봉인을 풀며 낚아채듯 쥐었다.

"뭐, 뭐라고?"

조금 전 무열이 한 말의 의미가 뭔지 알고 있는 베네딕은 황당해하며 무열을 바라봤지만 되레 그는 가볍게 웃으며 마지막 도전의 공간으로 흡수되듯 사라졌다.

파앗-!!!

화르르르륵---!!!

무열의 육체가 사라짐과 동시에 그가 들고 있던 마법서가 바닥으로 떨어졌다.

툭…….

봉인되어 있던 책의 페이지가 바닥에 떨어짐과 동시에 펼쳐지고는 바람이 부는 것처럼 페이지가 흔들렸다.

"……."

베네딕은 떨어진 마법서를 물끄러미 바라보더니 조금 전과 마찬가지로 책장 안으로 조심히 밀어 넣었다. 그러고는 떨리는 목소리로 조금 전 무열이 사라지기 직전을 떠올렸다.

"웃었다……?"

약간의 어지럼증. 도전의 서 때와는 다른 느낌이었다. 신기하게 숨은 쉴 수 있지만 마치 깊은 해저에 가라앉아 있는 것 같은 기분. 몸이 무겁고 축 늘어졌다.

"재밌군……."

무열은 천천히 눈을 떴다. 그는 눈앞에 펼쳐진 광경을 바라보며 처음으로 미묘한 표정으로 웃었다.

"이거…… 완전히 어둠과 똑같잖아?"

5년 뒤, 아니, 무열의 기억대로라면 이제는 4년 뒤에 있을 대격변(大激變) 엑소디아(Exordiar). 그곳에 패한 차원이 겪었던 열한 번째 재해(災害).

노승현의 목숨을 대가로 얻은 승리로 인해서 인간군은 그 재해에서 비껴갔지만 '어둠'이 어떤 식으로 다른 차원을 갉아 먹었는지는 잘 안다. 상공에 생성된 다섯 개의 웜홀은 마치 브라운관처럼 패배한 차원들의 모습을 투영했으니까. 대륙에 살던 모든 존재가 그 모습을 두 눈으로 똑똑히 바라봤다.

'알고 있다. 엑소디아에서 패배한 엘프(Elf)의 수가 절반으로 줄어들기까지의 일, 그리고 그들이 어떻게 어둠을 버텨냈는지까지.'

수만 명의 죽음을 통해 얻어낸 비책(秘策).

무열은 그 경험이 이런 곳에서 쓰게 될 것이라고는 상상도 하지 못했다.

'아무리 마법이라 할지라도 어둠과 거의 유사한 환경을 만들어내다니. 확실히 불멸회의 마법이 여명회에 비해 훨씬 더 베일에 감춰진 게 많다.'

무열은 기억을 떠올렸다.

불멸회가 불사의 부대 이외에도 수많은 마법학적인 사건을 일으켰던 것을.

"반대로 생각하면 여전히 기분 나쁜 녀석들이라는 것도 변하지 않는 일이지만."

그는 도전의 서 뒤에 놓여 있던 책의 이름을 떠올렸다.

'악몽(惡夢)의 서.'

어둠에 잘 어울리는 제목이다.

"불멸회 녀석들, 이름 하나는 잘 지었군."

이제 주위를 둘러봤다. 핀 조명처럼 한곳에 내려오는 불빛이 있던 도전의 서 때와는 달리 이곳은 아무것도 없었다.

하지만 엑소디아의 어둠과는 확실히 미묘하게 달랐다. 그 당시 엘프들의 차원인 엘븐하임 전역에 퍼진 어둠은 실제로 대륙 어디에도 빛 한 점 남기지 않고 모두 집어삼켰다.

'거기에 비하면 이건 약과지.'

무열은 공기 안에서 안개처럼 일렁이는 흐릿한 연기를 손바닥으로 흐트러뜨리며 생각했다.

'완벽한 어둠은 아니다. 약간…… 붉다고 해야 할까.'

앞이 보이지 않을 정도가 아니었기 때문에 체감상 두려움역시 덜했다. 약간의 붉은 기가 도는 연기가 흐릿하게 그의 시야를 스치고 지나갔다.

'불완전…… 하다고 해야 할까.'

엑소디아가 시작되기까지도 수년의 시간이 남았다. 불멸회의 마법이 아무리 대단하다 한들 신이 만든 어둠보다 더 완벽하게 만들 수는 없을 것이다.

마법(魔法).

무열은 이제야 조금은 마력이 어째서 히든 스테이터스에 들어가는 것인지 알 것 같았다.

'신이 차원에 행사하는 힘은 오히려 신전의 신관들보다 마력에 더 가깝다.'

신관이자 청기사로 불리는 라엘 스탈렌만 봐도 그걸 알 수 있다. 그녀는 락슈무에게 놀라울 정도로 특별한 힘을 받았지만 그건 개인에 국한되어 있는 것이다.

즉, 신이 직접 세계에 행사를 하는 힘이 아니라는 것.

세븐 쓰론을 구성하는 5대 원소를 비롯하여 빛과 암흑까지 신의 본질적인 힘에 가깝게 다가가는 것은 아이러니하게도 마력이었다.

무열이 허공에서 주먹을 움켜쥐자 핏빛 연기가 터지듯 그의 손가락 사이를 비집고 흩어졌다.

"내 기억이 맞다면……."

그건 무열 역시 다를 바 없는 일이다. 그 마력을 지금 가지고 있으니.

무열은 엘프들이 그들을 학살했던 어둠을 어떻게 공략했는지 떠올렸다.

결코 쉬운 일은 아니다. 비록 직접 경험하지는 못했지만 언제고 또다시 자신들에게도 일어날지 모른다는 생각에 대비를 하기 위해 훈련소에서 끊임없이 보고 또 봤었던 그 장면.

'어딘가에 있을 것이다.'

그는 계속해서 천천히 허공을 쓰다듬듯 연기를 만졌다.

무엇을 찾는 것일까.

온 신경을 손끝에 집중하고 눈을 감자 그의 옆에 서 있던 아키는 불안한 듯 그의 다리에 이마를 비볐다.

콰득-!!

그 순간, 무열은 무언가를 낚아채듯 있는 힘껏 손아귀를 움켜쥐고는 위에서 아래로 내려쳤다.

[크아아아아아아---!!!]

날카로운 비명과 함께 무열의 손에 묵직한 뭔가가 닿자 타들어 갈 것 같은 열기와 시커먼 연기가 뿜어져 나왔다.

"흥."

하지만 그 열기를 아랑곳하지 않고 오히려 더욱 힘을 주자 시커먼 연기조차 잡아먹는 화진검(火眞劍)의 불꽃이 그의 팔을 타고 흘러내렸다.

화르르륵---!!!

불길은 그와 동시에 무열의 손끝에 잡힌 커다란 물체까지 뒤덮었다.

[크락!! 크라라락---!!]

이번엔 반대로 고통인지 포효인지 알 수 없는 비명이 들렸다.

무열의 손에서 흘러나온 화진검의 불꽃은 마치 거대한 기둥을 감싸는 것처럼 끝없이 위로 올라갔다.

촤악-!!

"큭……?!"

아찔한 통증과 함께 무열이 황급히 손을 뺐다.

손등에 나 있는 붉은 상처는 그 위에 독을 뿌린 것처럼 짓이겨져 피가 멈추지 않았다.

입술을 살짝 깨문 무열은 마법 붕대를 손등에 감았다.

붕대에서 흘러나오는 옅은 마력이 계속해서 벌어진 상처를 치유하기 위해 안간힘을 썼지만 지혈이 되지 않았다. 붕대가 순식간에 피로 물들었다.

평범한 공격이 아니다.

"역시."

무열은 자신의 상처를 바라보며 고개를 끄덕였다.

"있었군."

[크르르르르……]

신이 만든 불길한 존재. 아니, 만들었다기보다는 우연한 실패 속에 탄생한 족속들이라 해야 할 것이다.

"슬레이브도 그렇고 불멸회가 균열의 권속까지도 부릴 수 있을 것이라고는 생각 못 했는데…… 캐면 캘수록 7인의 원로회의 정체가 더 궁금해지는군."

무열은 천천히 고개를 들었다.

"타락(墮落)."

그건, 신조차 가까이하기 싫어 내친 종족이었다. 태초에 차원이 창조되고 신이 세계를 만들 때 남겨진 찌꺼기들이 균열을 만들고, 그 균열 속에서 태어난 것들. 그렇기에 락슈무는 그들을 엑소디아의 결말로 서로를 죽고 죽이게 만드는 어둠이라는 재해의 소모품으로 사용했다.

[크아아아…….]

무열의 말에 대답이라도 하는 듯 날카로운 음색이 어둠을 뚫고 들렸다.

스르릉—!!

무열이 뇌격과 뇌전을 뽑았다. 뇌격에는 푸른빛이 감돌다가 서서히 검날에 스며들었다.

마력의 영롱한 빛이 붉은 어둠 속을 밝혔다.

하지만 평상시와는 달리 그는 뇌전에 암흑력을 담지 않았다. 화진검의 화염조차 없는 뇌전의 검날은 어둠 속에서 옅은 스파크를 이따금 내뿜을 뿐이었다.

[크아아아아아———!!!!]

핏빛 안개 속에서 태어나다 만 것 같은 괴물이 날카로운 이빨을 드러내며 무열을 향해 몸을 추켜세웠다.

피부는 산성에 녹은 것처럼 문드러져 있었고 두 눈은 충혈된 것처럼 새빨갰다.

지독한 모습.

어째서 기척이 느껴지지 않았을까 의심이 될 정도로 거대한 체구였는데, 어쩐지 점차 시간이 지날수록 더욱 커져 가는 것 같은 느낌이었다.

무열은 머리 위에서 자신을 내려다보는 타락을 바라봤다.

"아키."

무열은 자신의 옆에 있는 작은 신수를 향해 말했다.

그는 왼손에 들려 있는 뇌전의 검날을 안쪽으로 숨기고는 손잡이와 함께 신수의 이마에 뇌전을 겹치듯 내려놓았다.

"어쩌면 널 얻은 것이야말로 천명일지도 모르겠다."

"뮤……?"

처음보다 조금 더 자라난 신수의 이마에는 검지만큼의 작은 뿔이 나 있었다.

[이봐, 너 설마…….]

아키를 바라보는 무열의 눈빛을 본 순간 쿤겐은 다급한 목소리로 말했다.

[미친…….]

"타락을 잡기 위해 가장 좋은 것은 그들과 상성이 되는 힘이다. 엘븐하임에 살던 엘프들이 라시스의 힘으로 어둠을 물리치는 모습에서 알 수 있지. 이보다 더 유효한 것은 없다."

[그게 중요한 게 아냐! 지금 네 몸에 몇 개의 힘이 있는 줄 아느냐! 암흑력도 컨트롤하기 어려운 상황에서 더 이상 받아들였다가는……!!]

쿤겐의 외침에 무열은 나지막한 목소리로 말했다.

"내가 전에도 말했을 텐데."

세븐 쓰론에 존재하는 모든 속성. 그것을 얻겠다고 했던 말.

[허…….]

허황된 꿈이 아니었다. 단순한 욕심도 아니다.

두말할 것도 없이 진지한 무열의 모습에 쿤겐은 말문이 막힌 듯 헛기침만 할 뿐이었다.

"그 시작이다."

우우우웅…….

새하얀 빛이 천천히 아키의 뿔에서부터 무열의 뇌전을 타고 흘러들기 시작했다.

2대 광야(光夜).

빛의 라시스, 어둠의 두아트.

'암흑력으로 두아트를 얻을 수 있는 기반을 만들었다. 이제 남은 것은 라시스. 그 힘을 받아들이기 위해 필요한 것이 바

로 아키.'

번쩍.

뇌전의 검날이 형용할 수 없을 정도의 강렬한 빛으로 감싸졌다. 붉은 안개 속에 감춰져 있던 타락의 모습이 선명하게 나타났다.

"후우……."

무열이 낮게 호흡을 고르며 숨을 토해내는 순간.

[신록, 아키의 힘이 검날에 스며듭니다.]

[신수(神獸) : 고유력 변환]

[광휘력(光輝力) 발현!!]

[인간이 받아들일 수 없는 강렬한 힘입니다.]

빠득.

무열은 그 메시지창을 읽으며 이를 악 깨물었다. 현재 자신으로서는 신수의 힘을 고스란히 받아들일 수 없다는 것이었다.

아직 새끼인 아키의 힘이 이렇다면 그 전의 알카르의 힘은 얼마나 대단했던 것일까.

카토 유우나의 얼굴이 일순간 스쳐 지나갔지만 이내 곧 무열은 더욱더 그 힘에 집중했다.

[신수와의 동조(同調)로 광휘력을 일시적으로 발휘할 수 있습니다.
동조가 끝나면 광휘력은 사라집니다.]
[광휘력이 비약적으로 증가합니다.]
[광휘력이 8,000 Point 상승하였습니다.]

콰득…… 콰드드드득……!!

믿을 수 없는 수치.

뇌전의 손잡이가 자신도 모르게 떨렸다.

[크…… 크르륵…….]

본능적인 두려움일까.

무열을 바라보던 타락의 포효가 어느새 사라졌다.

저벅, 저벅, 저벅.

무열은 붉은 안개마저 태워 버릴 정도의 강렬한 빛을 뿜어내는 검을 들고 천천히 타락을 향해 걸어갔다.

"후우……."

그것은 안개 따위가 아닌, 타락 그 자체를 태워 버릴 빛이었다.

[크르륵……?]

타락은 자신의 앞에서 빛을 뿜어내고 있는 검을 든 무열을 보며 본능적으로 뒤로 물러섰다.

작은 숏소드에서 뿜어져 나오는 엄청난 광휘력은 지금껏

보지 못한 것일 터.

마력과 암흑력으로 만들어진 타락에게는 최악의 상성일 수밖에 없었다.

[너같이 앞뒤 생각하지 않는 녀석은 처음 본다.]

쿤겐은 질렸다는 듯한 말투로 무열에게 말했다.

"버틸 수 있는 시간은 별로 없다. 잔소리를 할 거면 일단 저 녀석을 쓰러뜨리고 난 뒤에."

[쳇……. 언제부턴가 너무 당연한 듯 부려먹는 것 같은데. 인간 주제에.]

그렇게 말하면서도 쿤겐은 검에 흡수되어 있는 아키의 광휘력이 터져 나가지 않게 조율을 하고 있었다.

"부탁한다."

[시끄러.]

신수 역시 정령력에 기반이 되어 그들 고유의 속성을 가지기 때문에 쿤겐의 힘이 아니었다면 아무리 뇌전이라도 아키의 광휘력을 받아들이는 순간 산산조각이 나버렸을 것이다.

하지만 그 힘을 검날의 예기(銳氣)로 바꾸어 만드는 것이 바로 그였다.

쿠르르르르.

천둥이 울리는 것처럼 대지가 으르렁거리는 소리가 들렸다.

'온다.'

무열은 직감했다.

서늘한 기운이 온몸을 감쌌다. 그의 뇌전이 만드는 새하얀 빛이 일순간 악몽 속의 붉은 어둠을 사라지게 만들었지만 이내 서서히 어둠은 다시금 채워져 타락의 모습을 그의 시야에서 감추었다.

꽈악.

무열은 뇌격의 검날을 거꾸로 돌려 두 자루 검의 손잡이를 한꺼번에 잡았다. 하나로 겹쳐진 뇌격과 뇌전의 푸른 날과 백색 날이 번뜩였다.

꽈아아앙———!!!!

거대한 타락의 주먹이 어둠 속에서 무열의 뒤를 노리고 나타났다.

지면을 강타한 순간 녀석의 흐물거리는 살점이 사방으로 튀었고, 살점들이 바닥에 닿자 지독한 독성을 띠며 타들어 가 연기를 내뿜었다.

가볍게 녀석의 공격을 피한 무열은 있는 힘껏 타락의 손등에 검을 찔러 넣었다.

[크아아악……!!!]

젤리를 자르는 것처럼 무열이 찔러 넣은 뇌전을 그대로 아래로 잡아당기자 흐물거리는 살점이 그대로 철퍼덕 하는 소리와 함께 잘려 나갔다.

'안쪽으로……'

무열의 공격은 유효했지만 이런 식으로 해서는 끝이 나지 않는다는 것을 알고 있다.

조금 전 잘려 나간 살덩이가 부글거리며 바닥에서 끓는 것을 보면서 그는 살짝 입술을 깨물었다. 이미 잘린 피부 대신에 물컹한 진액이 그 자리를 채우고 있었으니까.

녀석의 갈비뼈는 양쪽으로 벌어져 밖으로 튀어나와 있었고 그 덕분에 안의 내장이 훤히 보이고 있었다.

쿵, 쿵, 쿵.

녀석의 커다란 심장이 거칠게 뛰고 있었다.

'저걸 파괴해야 한다.'

하지만 결코 쉽지 않다. 애초에 광휘력이 없으면 공략이 불가능하다는 전제도 있었지만 광휘력이 있다고 하더라도 타락의 심장을 파괴하기 위해 녀석의 품 안으로 들어가는 것은 결국 독의 바다에 뛰어드는 것과 마찬가지였다.

'타이밍은……'

무열은 타락의 심장을 바라봤다. 조금 전까지만 하더라도 거칠게 뛰고 있던 심장이 순간 딱딱하게 굳어 있었다.

'세 번째 단계의 팽창.'

게다가 수많은 엘프가 죽고 나서 결국 알아낸 타락의 공략법은 녀석의 심장을 파괴해야 하는 것이지만 그렇다고 단순히 안으로 들어간다고 해결되는 것이 아니었다.

타락의 날뛰는 심장은 한 번씩 저렇게 단단하게 변할 때가 있다. 사람들은 그걸 가리켜 '단계'라고 불렀다.

[크르르르르……!!!]

그냥 뛰고 있는 심장에 공격을 가한다면 마치 가스 폭발처럼 엄청난 독성을 가진 열기가 한순간에 터져 나온다.

그 파괴력은 상상 초월.

첫 타락을 사냥할 때 그 한 번의 실수로 수천 명의 엘프가 단번에 몰살당했으니까.

[이봐, 녀석에게 타격을 줄 수 있는 건 광휘력뿐이라면서? 그럼 마력은 검에서 지워 버려! 두 가지의 힘을 동시에 유지하는 게 얼마나 힘든지 네가 잘 알잖아! 네 몸이 언제라도 터져 나갈 수 있다고!]

쿤겐은 양쪽에 광휘검과 마력검을 들고 있는 무열을 향해 소리쳤다.

"이유는 네가 더 잘 알 텐데, 쿤겐."

위험하다는 것은 안다. 자신의 몸 안에 내재되어 있는 암흑력과 달리 아키에게서 받은 광휘력은 무열의 것이 아니었으니까.

[설마 너……!!]

무열은 쿤겐의 말에 고개를 끄덕였다.

콰아아앙－－－!!

타락이 두 손을 모으자 흐물거리는 점액들이 뒤엉켜 하나
로 뭉쳤다. 그대로 있는 힘껏 내려치자 엄청난 굉음이 터져 나
왔다.

[쿠오오오오－!!!!]

멈추지 않고 녀석은 내지른 주먹을 다시 펼치면서 포효를
질렀다. 사방으로 흩뿌려지는 독들 사이로 녀석은 두 주먹을
위에서 아래로 연달아 내려쳤다.

쿠쿠쿠쿵!!!

쾅－! 콰카가가강－－－!!!

먼지와 함께 움푹 파인 구덩이가 생겨났다. 굉음은 그치지
않았고 타락의 주먹이 한 번씩 내려쳐질 때마다 구덩이의 크
기는 운석이 떨어진 크레이터처럼 커져 갔다.

[크르…… 크르르…….]

그렇기를 수십 차례.

딱딱하게 변했던 타락의 심장이 다시 뛰기 시작하며 녀석
은 거친 숨을 몰아쉬었다. 맹렬한 녀석의 공격 아래에 살아 있
을 것은 아무것도 없어 보였다. 아공간임에도 불구하고 실존
하는 세계처럼 혼신의 힘을 다한 녀석의 발아래는 움푹 파이
고 갈라져 있었다.

그때였다.

"우선은 첫 번째."

구덩이 아래에서 들려오는 목소리.

그와 동시에 바닥을 내려쳤던 녀석의 팔에 수십 가닥의 날카로운 선이 생겨났다.

[크…… 륵?]

거미줄 같은 선들에서 새하얀 빛이 쏟아지더니 육중한 녀석의 팔이 부르르르 떨리기 시작했다.

촤자자자자작……!!!

촤자작……!!

메마른 땅이 갈라지듯 타락의 두 팔에 생긴 금들이 벌어지며 순식간에 수십 조각으로 잘려 나갔다.

[크아아아아아아아———!!!]

고통에 찬 비명이 들렸다. 양팔이 잘려 나간 타락은 바둥거리면서 자신의 팔을 재생시키려고 노력했지만 조금 전 살점이 떨어져 나간 정도가 아니었기 때문에 쉽지 않았다.

[위험할 뻔했다, 너.]

조금 전 타락이 내려친 구덩이 아래에 있던 무열은 스치듯 교차시켰던 뇌격과 뇌전을 내리며 말했다.

"알고 있어."

광휘력을 발현한 뇌전을 잡은 손에 감아놓았던 마력 붕대는 새하얗게 타버려 제 기능을 할 수 없었다.

섬격(殲擊).

하지만 암흑력 때와는 분명히 달랐다. 있는 힘껏 검을 긋는 것이 아닌 정말로 조심스럽게 두 힘을 부딪쳤을 뿐이다.

[살짝 닿은 정도가 이 정도면…… 녀석을 죽이기 전에 정말 네가 죽을지도 모르겠군.]

쿤겐마저 혀를 내두를 정도였다. 정령왕인 그의 강맹한 힘이야 지금 이것에 비할 바가 아니었지만 그 역시 다른 두 힘이 충돌했을 때의 위력을 실감하고 있는 것이었기 때문이다.

하지만 그와 동시에 또 다른 호기심이 생겼다.

신수가 아닌 정령왕의 힘이라면? 그의 마력이 아니라 다른 속성의 힘이 격돌한다면? 두 개가 아니라 세 개, 혹은 그 이상이라면……?

쿤겐의 머릿속엔 수많은 궁금증과 그에 대한 기대가 커져 갔다.

'녀석이 정말 4대 정령왕과 2대 광야의 힘을 모두 컨트롤할 수 있게 된다면…….'

처음이었다. 이런 생각을 하는 것이.

'신의 영역에 다가갈 유일한 존재가 될지도 모른다.'

스스로도 놀라웠다. 정말 자신이 인간이란 유약한 존재에게 기대를 걸고 있으니 말이다.

지금껏 무열이 보여준 행보를 통해 쿤겐은 태초부터 지녀

왔었던 신에 대한 분노를 처음으로 인간을 통해 불태울 수 있을지도 모른다는 생각이 들었다.

'강무열……'

아직도 자신과 그의 첫 만남을 기억한다. 욕심은 기대가 되었고 기대는 이제 점차 확신으로 변해가고 있었다.

'만약 그렇게 된다면 6대 정령왕의 힘을 조율할 수 있는 것은 오직 나뿐일 터.'

우레는 빛을 가지면서 열도 가졌고, 물 안에서 더욱 자유로우며, 바람을 머금고 있으면서 또한 먹구름의 어둠까지 지녔다. 쿤겐은 6대 정령왕과는 분명 달랐다.

그는 타락을 바라봤다.

'어쩌면……'

자신도 타락과 다르지 않을 수 있다는 생각.

균열에서 태어난 타락처럼 그 역시 정령계라는 세계에서 뚜렷한 하나의 힘이 아닌 모든 정령왕의 힘을 복합적으로 가지고 있었다.

신이 만든 규율에서 어긋난 존재.

'이것 역시 운명인가.'

쿤겐은 그런 생각을 하는 스스로를 비웃었다.

'훗……'

신에 대한 반발을 가지고 있음에도 불구하고 운명이란 말을 떠올렸으니 말이다.

"무슨 생각을 그렇게 하는 거야?"

[흥…… 아무것도 아니다.]

무열의 말에 쿤겐은 어색하게 콧방귀를 뀌며 아무렇지 않은 듯 말했다.

"이제 시작인데."

[크르르르르…….]

타락의 심장이 다시 한번 딱딱하게 변했다. 그와 동시에 으르렁거리는 듯한 괴물의 목소리도 서서히 사그라졌다. 자신을 경계하듯 노려보던 그 눈동자가 서서히 어둠 속으로 사라졌다.

'안개 들이마시기.'

거대한 육체가 감쪽같이 보이지 않았다. 기척조차 느껴지지 않는 이 상황에 충분히 당황스러울 법도 하지만 무열은 오히려 기다렸다는 듯 자세를 취했다.

'두 번째.'

단계가 변할수록 타락도 함께 변한다. 종잡을 수 없는 모습이라 생각하지만 이미 공략을 알고 있는 무열에겐 전혀 놀라운 것이 아니었다. 이미 수많은 엘프가 타락을 사냥하고 어둠을 물리쳤으니까.

단지.

부우웅.

무열이 마력을 끌어올렸던 뇌격을 허공에 한 번 긋자 검날에 담겨 있던 푸른 오러가 사라졌다.

수십, 수백이라는 숫자의 간극(間隙). 그것을 메우기 위한 도박.

수많은 엘프가 했던 그 사냥을 혼자서 해야 한다는 약간의 차이가 있을 뿐이었다.

콰드드드득……!!

"안개를 벨 수 있는 방법은 없다."

쇠를 긁는 듯한 날카로운 소리와 함께 조금 전 마력이 담긴 뇌격의 검날이 까맣게 변했다.

[너……!!!]

쿤겐은 조금 전 무심코 했던 자신의 호기심을 후회했다.

무열의 암흑검이 어둠보다 더 까맣게 자신의 존재를 내비치고 있었다.

"대신 통째로 날려 버리면 된다."

서걱.

공기가 베이는 소리.

무열은 천천히 두 자루의 검을 교차시켰다.

"이대로는 안 돼……!"

수정구를 보던 베네딕은 고개를 저으며 경악에 찬 목소리로 외쳤다.

"암흑력도 모자라서 광휘력까지? 도대체 저놈의 정체가 뭐야!!"

아직 타락이 사라지지 않았다. 그의 믿음이 변한 것은 아니다. 세 번째 단계로 넘어가면 인간 따위가 어떻게 할 수 있는 수준이 아니다. 절대로 인간이 이길 수 없다.

"하지만……."

베네딕은 자신도 모르게 입술을 깨물었다. 그의 가슴속에 맺힌 불안감은 사그라지지 못하고 더욱 커져만 갔다.

눈빛.

그렇다. 자신을 불안하게 만드는 것은 다름 아닌 바로 저 당당한 눈빛이었다.

타락을 눈앞에 두고도 아무렇지 않게 서 있는 무열의 모습에 그는 할 말을 잃고 말았다.

"불멸회의 마법은 절대적이다. 저런 녀석에게 깨진다는 것은 있을 수 없는 일이야."

무슨 방법이든 찾아야 했다. 정말로 그의 말대로 도서관의 주인이 바뀔지도 모른다는 불안감이 엄습했으니까.

"그래…… 그분이라면……."

베네딕은 그렇게 생각하면서도 자신도 모르게 마른침을 꿀꺽 삼켰다. 지금까지 도서관의 주인이라는 자리가 공석으로 남아 있게 되었던 이유였기 때문이다. 자칫 잘못하면 자신이 오히려 더 큰 문제를 만드는 것일지도 모른다는 생각이 들었다.

"아냐."

그는 책상에 놓여 있던 자신의 열쇠 꾸러미를 낚아채듯 집어 들었다.

"저 괴물 같은 놈에겐 똑같은 괴물이 아니면 안 돼!! 이대로 두 눈 뜨고 도서관을 넘겨줄 수는 없어. 그랬다가는…… 원로회가……."

그는 자신의 목을 두 손으로 움켜쥐고는 상상도 하기 싫다는 표정으로 황급히 달려가기 시작했다. 지금까지 단 한 번도 열린 적이 없는 안티훔 대도서관 꼭대기 층을 향해.

그것은.

종족 전쟁이 일어났던, 무열이 죽었던 과거에서조차 열리지 않았던 문이었다.

또 한 차례, 미래가 변하고 있었다.

콰아아아아아아아앙———!!!!!!

콰가가강——!!!

공간이 뒤틀리며 엄청난 폭음과 함께 새하얀 빛이 쏟아졌다. 귀를 먹먹하게 만드는 폭음에 비해서 폭발은 그다지 크지 않았다.

크드드드득…….

공기 중에 있던 입자들이 마치 굳은 먼지처럼 바닥으로 떨어졌다.

철퍼덕.

딱딱하게 변한 가루 사이로 붉은 피가 흐르는 새빨간 심장이 나타났다. 안개처럼 변한 타락의 육체가 재생을 시도했지만 제대로 모습을 갖추지 못하고 녹아내린 아이스크림같이 불완전한 모습으로 흐물거렸다.

"재밌군. 암흑력과 광휘력을 합치니 이런 효과가 나올 줄이야. 쿤겐, 넌 알고 있었나?"

무열은 그런 타락의 모습을 보며 말했다.

[아니, 나 역시…… 이건 좀 놀랍군.]

새하얀 빛 아래 무열은 뇌격과 뇌전을 든 채로 조금 전 자신이 만든 일격의 여파를 떠올렸다.

[두 힘은 물리적인 힘보다는 확실히 마법적인 힘이라고 해야겠군. 마력이 기반이 되어 교차하였을 때 아이러니하게도 더 물리적인 힘이 나오니 말이야.]

"맞아."

무열은 고개를 끄덕였다. 마력을 충돌시켰을 때 만들어진 강력한 검기와는 달리 광휘력을 충돌하였을 때는 공간을 파괴하는 것이 아닌 타락 자체에만 타격을 주었다.

"뭐…… 덕분에 확실하게 잡을 수 있었지만."

그는 바둥거리는 타락의 심장을 바라봤다.

"이대로라면 세 번째 단계까지 갈 필요도 없을 것 같은데."

[크르…… 르륵…….]

두려운 듯 타락의 심장에서 기묘한 소리가 들렸다. 타락을 공략할 때 세 번째 팽창이 되었을 때 심장을 베어내는 이유는 녀석이 안개의 형태가 되었을 때 직접적인 타격이 불가능하기 때문이었다. 그렇기에 그다음 단계인 세 번째 팽창 때를 노리는 것이다.

"암흑력과 광휘력을 동시에 사용하는 것은 엘프들도 하지 못했던 일이니까."

무열 역시 섬격(殲擊)을 습득하지 않았더라면 이런 발상을 하지 못했을 것이다.

'아직 스킬화가 되지 못한 불안정한 검술로 이 정도라…….

정령력을 얻어 완벽하게 이 힘을 컨트롤할 수 있게 되면…….'

자신의 예상보다 훨씬 더 타락에게 확실한 타격을 줄 수 있었다.

'엑소디아.'

만약에 그 경기에서 패배하고 어둠이란 재해가 발생한다 하더라도 방비를 할 수 있다는 것을 의미했다.

'그렇다면 무리하게 싸워 목숨을 잃었던 노승현도 살릴 수 있을 터.'

처음부터 경기에서 승리를 하는 것이 가장 좋겠지만 전생에서 휀 레이놀즈와 같은 일이 또다시 벌어지지 않으리란 법도 없었다.

"일단은……."

무열은 천천히 검을 들어 올렸다.

"마무리 지어야겠지."

[크륵…… 크르르륵…….]

있는 힘껏 검을 내려치며 날카로운 검날이 타락의 심장에 관통하려는 순간.

"……?!"

무열의 눈동자가 흔들렸다.

"이건……."

타락의 심장에 나 있는 상처.

날카로운 뭔가에 베인 듯 갈라져 있는 상처는 분명 검흔(劍痕)이었다.

그리고 그 상처 아래에 뭔가 반짝이는 것이 있었다.

그때였다.

"대단하군."

악몽(惡夢)의 서에 의해 만들어진 공간은 절대적이다. 그 누구도 들어올 수 없으며 오직 시험에 도전하는 자에게만 허락된다.

그런 곳에서 들려오는 목소리. 낮고 굵은 저음.

"……!!!!"

무열은 황급히 고개를 돌렸다.

"망했다……. 완전히 망했어."

바닥에 주저앉아 넋이 나간 사람처럼 혼잣말을 중얼거리는 것은 다름 아닌 베네딕이었다.

"원로회에서 가만있지 않겠지……."

안티훔 대도서관 꼭대기 층의 문은 갈기갈기 찢겨 있었다. 쇠창살로 되어 있는 문이 종잇장처럼 찢겨 있는 광경은 마치 거대한 야수가 잡아 뜯은 것처럼 보였다.

악몽이라도 꾼 것 같은 모습.

두 다리에 힘이 풀려 그 자리에서 꼼짝할 수가 없었다.

"악마다…… 악마야……."

상상도 하고 싶지 않은 듯 그는 모습과 어울리지 않게 두 팔을 감싸고는 부르르 몸을 떨었다.

"크…… 크큭."

그러고는 미친 사람처럼 이번에는 키득거리며 웃었다.

"아니지. 원로회에서 그분을 가두었던 이유를 알겠어. 그분의 힘이라면……!! 안티홈이 다시 마법회의 최고가 될 수 있을지도 몰라. 오히려 그놈에게 감사해야겠는걸."

마치 스스로 자신의 행동을 납득하려는 것처럼 그는 연신 고개를 끄덕였다.

베네딕은 무열을 떠올리며 말했다.

"키키킥……. 네놈은 이제 끝이다."

그렇게 말하고는 다시 낯빛이 어두워져서는 또다시 몸을 부르르 떨었다.

"아냐. 내, 내가…… 악마를 깨웠어……."

웃다가 울다가를 반복하던 그는 점차 더 얼굴을 구기며 자신의 머리를 쥐어짜듯 잡아당기고 바닥에 머리를 비볐다.

"으아아아아……!!!!"

그의 비명만이 대도서관의 끝에서 울렸다.

"미친놈. 그렇게 감당하지 못할 짓은 하는 게 아니지. 원로
회의 늙은이들이 내 도서관에 저따위 머저리를 세워두다니 말
이야."

"……."

아무런 소리도 들리지 않았다. 하지만 눈앞의 남자는 마치
뭔가를 들은 양 새끼손가락으로 귀를 파고서 말했다.

"누구냐. 어떻게 이곳에 들어왔지?"

무열은 그를 향해 검을 겨누고서 말했다. 검은 로브를 두르
고 있는 남자는 훤칠한 키와 날카로운 눈매를 가지고 있었다.
로브 안쪽에 보이는 붉은색의 벨벳 셔츠는 무척이나 고급스
러워 보였다.

"큭, 어떻게 이곳에 들어왔냐고? 실력에 비해 머리는 그다
지 안 돌아가는가 보지?"

"뭐?"

그의 말에 무열은 인상을 찡그리며 그를 노려보았다.

"창조된 아공간에 들어올 수 있는 방법은 하나뿐이잖냐."

"안티홈 대도서관의 도전은 오직 도전자에게만 주어지는
것이다. 그 누구도 그 도전을 방해할 수 없으며 그 맹약은 단
한 번도 무너진 적이 없다."

"그렇겠지."

남자는 무열의 말에 고개를 끄덕였다. 그의 태연한 태도에 오히려 무열은 더욱 긴장을 늦출 수 없었다.

"내가 깨뜨리지 않았으니까.

"……뭐?"

화르륵……!!

검은 연기와 함께 남자의 양손에 두 권의 책이 나타났다.

익숙한 표지. 무열은 그게 뭔지 단번에 알 수 있었다.

"그래, 도전의 서와 악몽의 서."

도서관 비밀 책장에 있어야 할 그 책들이 어째서 남자의 손에 있는 것일까.

그가 손가락을 튕기는 순간 두 권의 책이 연기와 함께 사라졌다.

주위를 한번 훑어보며 그는 말했다.

"딱히 대단한 것도 아니야. 이 두 권을 모두 내가 만든 거니까."

"그게 무슨……?"

"재밌는 소리를 하더군. 베네딕이 아니더라도 네 얼굴을 보기 위해서 나왔을 거야. 원로회 녀석들, 그런 허접한 봉인으로 날 가뒀을 거라고 생각하고 있을 테니 웃음이 나는군."

남자는 무열의 어깨에 손을 얹었다.

"……."

기척을 느낄 새도, 반응을 할 새도 없었다.

"내 자리를 넘본다던데. 그다지 탐을 낼 만큼 대단한 자리도 아닌데 말이야. 그래, 원한다면 줄까?"

그는 무열을 놀리듯 속삭였다.

"네 자리라면……."

그 순간.

"그래. 내가 안티홈 대도서관의 주인, 나인 다르혼이다."

무열의 얼굴이 구겨졌다.

"웃기는 소리. 상아탑과는 달리 안티홈 대도서관의 주인은 공석이었다. 그건 수년이 지나도 마찬가지였어."

그의 대답에 나인은 입꼬리를 올렸다.

"잘 알고 있군. 하지만 그건 단지 보이는 것일 뿐. 대도서관은 설립될 때부터 지금까지 줄곧 단 한 명의 주인이 있었다."

나인은 자신을 손가락으로 가리키며 씨익 웃었다.

'설립될 때부터?'

외관상 그의 모습은 기껏해야 서른 후반 정도로 보일 뿐이었다.

'사서인 베네딕만 하더라도 수십 년을 이곳에 있었다고 했는데…….'

가늠할 수 없는 그의 나이.

무열이 그런 생각을 하고 있는 순간에 나인은 어깨에 올렸던 손을 툭툭 치며 말했다.

"하미드 자하르라는 녀석이 도전의 서를 클리어하긴 했지만 악몽의 서까지 도전을 할 엄두를 내지 못해 시시했지. 그런데 너는 좀 다르군?"

나인의 말에 무열의 눈썹이 씰룩였다.

하미드 자하르.

예상대로 안티홈에 그가 다녀갔었다. 그리고 도전의 서까지 공략을 했다는 것은 보상으로 주어진 세 개의 마법 중 하나를 익혔다는 말이었다.

하지만 그런 것보다 무열의 귀를 의심하게 만든 것은 바로 7클래스의 SS급 랭커까지 올랐던 하미드조차 나인이란 남자의 눈에 들어오지 않았었다는 것이다.

그의 나이만큼이나 그의 존재 역시 그 끝을 알 수가 없었다.

"정말…… 네가 안티홈의 주인인가?"

"그렇다."

무열의 기억 속에 나인 다르혼이라는 존재는 없다.

'어째서지…….'

아무리 미래를 알고 있는 그라고 하더라도 모든 것을 아는 것은 아니다. 대륙에 존재하는 수많은 존재에 대해서도 모두 아는 것도 아니었다.

그가 겪었던 미래에서 나인 다르혼은 종족 전쟁조차 관심이 없었다는 것을 무열은 알지 못했다. 강무열이라는 존재가 그를 움직이게 만든 것이다.

"흐음…… 아직도 의심하는군."

나인은 그런 그의 모습이 당연하다는 듯 고개를 끄덕였다.

"저거."

그는 타락의 심장 안쪽에 반짝거리는 뭔가를 가리켰다.

"네 거다. 넌 시험에 통과했다. 애초에 내가 난입하지 않았어도 이 녀석을 처리했을 테니까. 악몽의 서를 공략한 사람에게 주어지는 보상이지."

심장 안에 박혀 있는 작은 반지.

"너희 외지인들은 특별한 능력이 있다던데. 그거면 내 존재를 믿게 될 거다. 악몽의 서의 보상은 랜덤이지만 너는 특별히 내가 직접 보상을 넣어뒀지."

나인은 스스로 기대에 찬 표정으로 말했다. 대도서관이라는 거대한 조직의 주인이라고 하기엔 그의 행동거지는 너무나도 가벼웠다.

"크큭……. 그걸 넣기 위해서 내가 먼저 심장을 가를 수밖에 없었다. 뭐, 내가 창조된 아공간에 들어오기 위해서라도 매개체인 심장을 쓸 수밖에 없기도 하고."

무열은 여전히 경계를 풀지 않고서 조심스럽게 잘린 타락의 심장 안에 손을 집어넣었다.

[나인 다르혼의 영혼 반지]

안티훔 대도서관의 설립자이자 주인인 나인 다르혼의 반지.

타락의 심장에서만 구할 수 있는 것으로 자신이 죽인 상대의 영혼을 반지 안에 흡수시켜 마력을 증폭한다. 인간과 몬스터의 구분 없이 모든 영혼을 흡수시킬 수 있다.

나인 다르혼이 안티훔 대도서관을 만들 당시 대규모의 마력을 모으기 위해 하나의 왕국에 존재하는 모든 인간을 제물로 썼다는 소문이 있다.

등급 : A급

분류 : ACC

내구 : 100

효과 :

　마력 상승 +100

　암흑력 상승 +100

　반지 안에 영혼을 흡수할 경우 누적되어 있는 자신의 마력과 암흑력이 영구적으로 상승한다.

"……."

아이템 자체는 두말할 것 없이 훌륭했다. 지금 당장은 이렇다 할 필요가 없을지라도 곧 있을 대규모 전쟁, 대규모 사냥에서 그의 마력과 암흑력이 기하급수적으로 상승할 수 있게 만들어줄 엄청난 물건이었다.

"어때? 꽤 쓸 만하지? 넌 운이 좋아. 악몽의 서의 보상 중에 나와 관련된 물건은 이거 하나뿐이거든."

하지만 장난 가득한 얼굴로 웃고 있는 그와는 달리 무열은 반지의 마지막 설명에서 눈을 떼지 못했다.

'한 나라를 통째로? 도대체 이자는…….'

"내가 너에게 흥미를 느끼는 이유가 궁금하지 않아?"

순간, 무열은 섬뜩한 기운을 느꼈다. 얼굴도 목소리도 말투도 모두 경쾌하게 웃고 있음에도 불구하고 그는 자신도 모르게 털이 곤두서는 기분이었다.

파앗-!!!

무열이 강하게 나인의 팔을 뿌리쳤다.

"이런…… 고약하군. 난 단지 우리의 생각이 비슷한 것 같다는 말을 하고 싶었을 뿐인데 말이야."

그는 욱신거리는 손등을 만지면서 서운한 표정을 지었다. 하지만 있는 힘껏 뿌리친 무열의 힘에도 불구하고 고작 몇 발자국 뒤로 물러서는 정도뿐이었다.

"그게 무슨 말이지?"

무열은 나인을 바라보며 날카롭게 물었다. 그러자 그는 기대에 찬 듯한 표정으로 무열을 향해 말했다.

"원로회의 늙은이들에게 한 방 먹이는 것. 나도 그 인간들과 풀어야 할 것이 꽤 많거든."

그의 모습에 무열은 생각했다.

'이건 토착인의 역사다.'

1차 직업에서 만났던 붉은 첨탑의 주인이었던 괴수사 칸트나, 경기장의 붉은 검사였던 오르도 창까지. 그들의 공통점은 단순히 토착인이라는 것에서 끝나는 것은 아니다.

'히든 클래스(Hidden Class).'

무열은 직감했다. 자신에게 흥미를 보인 나인으로부터 분명 또 다른 비밀을 찾을 수 있을 것이라는 걸.

"같은 목적이라면…… 거래를 하자는 건가?"

"아니."

그 순간, 무열은 조금 전 자신이 느꼈던 섬뜩함의 이유를 알 수 있었다.

"내가 필요한 건 네 몸이다."

아무렇지 않게 씨익 웃는 그의 얼굴에서 타락보다 더 깊은 어둠이 느껴졌다.

소름이 돋는 기분.

그 웃음 하나만으로 알 수 있다. 나인 다르혼은 지금까지 만났던 그 어떤 토착인과도 다르다.

50장
안티훔의 주인

"내 몸……? 그게 무슨 말 같지도 않은 소리지?"

무열은 나인 다르혼의 말에 표정 하나 변하지 않고 담담한 목소리로 말했다.

"이것 봐라? 눈썹 하나 까딱하지 않다니. 단순히 감만 좋은 게 아닌 녀석이군. 역시 재밌어."

"헛소리 지껄이지 말고 똑바로 말하지. 내 몸을 빼앗기라도 할 생각이냐."

나인 다르혼은 피식 웃었다.

"정확히 말하면 네 몸이 아니다."

"그럼?"

그는 검지로 천천히 무열의 머리에서부터 발끝까지 정확히 위에서 아래로 가리키며 말했다.

"정기(精氣)."

화르르륵……!!

손가락을 위로 향하고 세우자 손끝에서 영롱한 작은 불씨가 솟구쳤다.

"인간이라면 누구나 가지고 있는 영혼의 힘. 이 영혼의 힘은 무척이나 재미있지. 마법적인 힘을 증폭시켜 주기도 하고 때로는 고통을 잊게 만들기도 하지. 하지만 그것보다 더 주요한 것은……."

나인 다르혼이 나머지 손가락을 모두 펼치자 남은 네 개의 손가락 위에도 똑같은 불씨가 솟아났다.

파앗.

그가 반대편 손으로 그 불길을 감싸듯 어루만지자 다섯 개의 작은 불씨는 합쳐져 커다란 불꽃이 되었다.

"여러 개의 정기를 하나로 뭉치면 더 거대한 힘이 된다. 그리고 그 힘은…… 생명이 된다."

그는 그 커다란 불씨를 입에 가져갔다.

"후읍."

입과 코 안으로 빨려 들어가는 불씨를 꿀꺽 삼킨 그는 만족스러운 표정을 지었다.

"다른 이의 생명으로 네 목숨을 이어가는 거로군. 비열한 마법이다, 그것은."

무열은 날카롭게 말했다. 쓸데없는 설명도 필요 없다. 충분히 잘 알고 있었으니까.

영혼착취(Soul Siphon).

흑마법 중에 하나이자 한때 이 마법으로 대륙을 들썩이게 한 남자가 있었다.

'고스트 바인드(Ghost Bind) 김인호.'

남부 경기장 출신이자 염신위와 함께 흑마법에 대해서는 두말할 것 없이 뛰어난 남자였지만 확실히 그가 썼던 마법은 단순히 흑마법이라고 하기엔 달랐다.

네크로맨서 계열인 염신위는 자신의 암흑력을 통해 언데드 부대를 만드는 데 주력했다면 그는 단 한 번도 소환 마법을 사용한 적이 없었다.

그럼에도 불구하고 그는 내로라하는 수많은 강자의 부대 앞에서도 단신으로 싸울 수 있었다.

그가 뻗은 손으로 병사들의 영혼이 흡수되면 지치기는커녕 시간이 지날수록 그는 더 강해졌으니 말이다.

절대다수의 싸움에서 그보다 강한 남자를 무열은 아직까지 보지 못했다.

무열은 이제야 알 수 있었다.

'김인호가 나인 다르혼의 마법을 익혔던 것이로군.'

둘 사이에 어떤 일이 있었는지는 알지 못한다. 아직 일어나지 않은 일이니까.

무열은 들고 있는 반지를 만지작거리며 바라봤다.

'확실히 이 반지 역시 영혼착취와 비슷한 맥락이다. 두 사람이 어떤 관계가 되었는지는 모르지만……. 어쩌면 김인호의 육체를 나인 다르혼이 차지한 것일지도 모르는 일.'

그때였다.

"아니, 다르다."

나인 다르혼은 무열의 예상을 비웃듯 가볍게 고개를 꺾으며 말했다.

"나는 고작 내 생명력을 유지하기 위해서 타인의 정기를 빼앗는 것이 아니다."

"……뭐?"

"내겐 육체 같은 것은 없으니까. 생명 또한 쓸모없지."

그는 입꼬리를 올리며 말했다.

"그것이 7인의 원로회가 나를 두려워하는 이유이자 내가 너의 정기가 필요한 이유이기도 하다."

자세히 보자 나인 다르혼의 발밑이 흐릿하게 보였다.

"나는 이 세계의 규율에서 벗어난 존재. 누구보다 '위대한 마법'에 가까이 다가갔다. 태초부터 존재한다고 알려진 7인의 원로회조차 도달하지 못한 영역. 나는 죽지도 죽을 수도 없는 존재다."

휘이이이이익……!!

그의 말이 끝남과 동시에 날카로운 돌풍이 무열의 얼굴을 때렸다.

"7인의 원로회는 내가 '위대한 마법'에 도달하는 것이 두려워 내 사지를 찢어 7조각으로 나누어 봉인했다. 하지만 그 정도로 나를 가둘 수 있을 것이라고 생각하면 오산이지."

악귀처럼 일그러진 나인 다르혼의 얼굴은 광기에 사로잡힌 듯 보였다.

"내가 너의 정기가 필요한 것은 너의 기운으로 내 힘을 감춰 7인의 원로회가 나를 찾지 못하게 하기 위함이다."

그는 스스로 자신의 육체를 바치는 것이 경외한 일이라고 말하는 듯 무열을 향해 손바닥을 펼쳤다.

"위대한 마법이란 것은 뭐지?"

하지만 무열은 그 모습에도 불구하고 담담하게 물었다. 고작 그런 외모의 변화로 두려워할 그가 아니었으니까.

"그게 무엇이기에 7인의 원로회가 두려워할 정도지?"

"태초 그 이전부터 존재하는 유일무이한 마법이다. 7인의 원로회와 상아탑의 주인인 하펠 자르안도 엄두를 내지 못할 궁극의 마법."

"폴세티아보다?"

자신이 알고 있는 최강의 무구이자 최강의 마법인 대마도

서였다. 불멸회와 여명회 두 곳에서 얻을 수 있는 마법과는 비교도 할 수 없을 정도로 강력한 마법.

"흥……. 네가 그 마도서를 알고 있을 줄이야. 기껏해야 대륙 몇 개를 날려 버리는 게 고작인 마법 따위와 비교하다니. 어이가 없군."

"그럼?"

나인 다르혼은 대마도서의 이름을 듣고도 콧방귀를 뀌었다. 그 정도로 대단한 마법이라는 뜻이었다.

"너 역시 원로회의 늙은이들과 마찬가지군. 어째서 마법이 이 세계에만 국한되어야 한다고 생각하지?"

그가 목소리를 높였다.

"위대한 마법은 신조차 죽일 수 있는 힘이다."

"……!!"

"어째서 인간이 신의 아래에 놀아나야지? 마법이란 인간이 인간의 한계를 뛰어넘기 위해 창조한 힘이다. 신에 대항하기 위한 힘! 그런데 원로회 녀석들은……."

이를 빠득 가는 나인 다르혼을 보며 무열은 고개를 끄덕였다.

"그렇군. 확실히……. 네 말에 동의한다."

그 누구보다도 자신이야말로 신에 대한 분노로 가득 찬 사람이니까. 단순한 유희 때문에 전 인류가 세븐 쓰론이란 이 세계에 징집되고 수많은 사람이 죽고 죽이고 있으니까. 단 하나의 권좌에 오르기 위해서.

"흥미로운 얘기군."

무열의 손이 가볍게 떨렸다. 그것이야말로 그가 그토록 원하는 것이었으니까.

"잘 들었다."

순간, 영혼 반지를 세 번째 손가락에 끼우자 그의 눈빛이 변했다.

"그 위대한 마법이란 건 지금 원로회가 가지고 있겠군. 그리고 그 마법에 얻기 위해선 네 힘이 필요하다는 말이고."

반지에 박혀 있는 검은 흑요석이 매끄럽게 반짝거렸다.

"그럼 그 힘, 내가 쓰도록 하지."

"……뭐?"

사념(思念).

처음에는 나인 다르혼이란 남자에 대해서 많은 의문이 들었다. 하지만 이제 확실히 알았다.

"그만 꺼져라. 자신이 죽은 줄도 모르고 오로지 복수만을 생각하며 날뛰는 녀석에게 줄 것은 아무것도 없다."

나인 다르혼은 무열의 말에 어이가 없다는 듯 그를 바라봤다.

"지금까지 내가 했던 말을 이해하지 못한 거냐? 너는 무슨

짓을 해도 날 죽일 수 없다. 나는 이미 이 세계의 섭리를 벗어
난 존재다."

그는 자신의 이마를 짚으며 한심스럽다는 표정으로 무열에
게 말했다.

"크, 크큭! 네가 아직 신의 아래에 있다면 그 규율이 적용되
는 한 절대 불가능하다. 더 이상 쓸데없는 대화는 필요 없겠
지. 이제 그만……."

"그래."

무열은 더 이상 듣기 귀찮은 듯 나인 다르혼의 말을 자르고
서 그를 향해 가볍게 손을 뻗었다.

"규율이라……. 나 역시, 그딴 건 깨뜨리면 된다."

그 순간.

나인 다르혼은 처음으로 자신도 모르게 한 발자국 뒷걸음
질 쳤다. 무열은 차가운 눈빛으로 그를 향해 속삭이듯 말했다.

"룰 브레이크(Rule Break)."

끼릭.

도서관의 책장이 천천히 움직였다. 수많은 마도서가 일순
간 부르르 떨렸다가 멈추었다.

"일어나라."

"……!!"

넋이 나간 듯한 표정의 베네딕을 향해 날카로운 목소리가 들렸다.

"히, 히익!"

감히 얼굴을 볼 엄두도 내지 못한 존재를 영접한 것처럼 그는 황급히 고개를 숙이고는 넙죽 엎드렸다.

"……어?"

하지만 곧 그는 뭔가 이상함을 느끼고 다시 천천히 고개를 들었다.

"……넌!"

자신이 생각했던 사람이 아니었다.

"다시 만나니 반갑나 보지?"

무열은 베네딕의 반응에 재미있는 듯 가볍게 웃으며 말했다.

"네가 어떻게……."

하지만 그 순간.

"흡!!"

베네딕은 자신도 모르게 움찔거리며 들었던 고개를 다시 바닥으로 꺾었다.

'또…… 똑같다.'

무슨 일이 있었던 것일까.

나인 다르혼이 악몽의 서에 난입한 순간부터 수정구를 볼 엄두조차 내지 못했기에 베네딕은 지금 이 상황이 이해가 가지 않았다. 하지만 분명한 것은 자신이 꼭대기에서 괴물과 똑같은 힘이 지금 무열에게서 느껴진다는 것이었다.

"꽤 골치 아팠지."

[지금 생각해도 이해가 가지 않는군. 말도 안 되는 능력을 가지고 있다. 너, 설마 영혼까지 벨 수 있는 힘을 가진 거냐.]

"훗……."

[보면 볼수록 알 수 없는 녀석이라니까.]

쿤겐의 말에 무열은 가볍게 웃었다. 무열의 능력에 대해서 정확히 알지 못하는 쿤겐으로서는 당연한 의문이었다.

무열은 천천히 자신의 손을 들어 올렸다. 반지에 박혀 있는 흑요석이 암흑보다도 더 짙은 어둠으로 덮여 있었다. 충만하게 느껴지는 나인 다르혼의 마력은 지금 당장에라도 몸 밖으로 나가 날뛰고 싶은 듯 요동쳤다.

"후우……."

무열은 천천히 호흡을 내뱉었다.

"안내해라."

"어, 어디를……?"

당장에라도 그 힘을 방출하지 않으면 안 될 것 같은 기분이었다. 갈무리되어 있지 않은 힘을 모두 쏟아내고 다시 채워 넣을 때 비로소 자신의 것이 될 수 있을 것이다. 그 힘이 얼마나 대단할지는 자신조차 아직 가늠이 되지 않았다.

하지만, 그 위험천만한 힘을 쏟아내도 상관없는 곳이 바로 이곳이지 않은가.

"안티훔 도서관의 세 가지 마법."

"……!!!"

무열의 말에 베네딕의 얼굴이 구겨졌다. 어떻게 해서든 그 마법들을 지키기 위해서 그는 잠들어 있는 나인 다르혼마저 깨웠던 것이다.

하지만 죽이려고 했던 상대는 오히려 더 강해져 돌아왔고 당당히 그것들을 요구했다.

따악.

무열이 손가락을 튕기자 경쾌한 소리가 도서관에 울려 퍼졌다.

그 순간, 푸른빛의 메시지창이 두 사람의 앞에 또렷하게 나타났다.

[안티훔 대도서관의 주인이 바뀌었습니다.]

[지금부터 모든 권한이 이전됩니다.]

[1000년의 역사가 스며들어 있는 대도서관의 역사는 오직 단 한

명만이 열람할 수 있습니다.]

베네딕은 믿을 수 없다는 얼굴로 그 글자들을 바라봤고 그런 그의 표정을 보며 무열은 가볍게 웃었다.

[위업 달성!!!]
[안티훔 대도서관의 주인]
[스테이터스 상승 5%]
[모든 마력 포인트 100 획득]
[모든 내성력 포인트 50 획득]
[마력 습득률 상승 5%]
[안티훔 대도서관에 모든 마법서를 열람할 수 있습니다. 단, 특수한 마법서는 밖으로 가져가는 것이 불가능합니다.]

"어때."

무열의 한마디에 베네딕은 더 이상 자신이 범접할 수 있는 상대가 아니라는 것을 깨달았다. 그는 절을 하듯 무릎을 꿇고 손바닥을 위로 해서 무열을 향해 펼치고는 떨리는 목소리로 말했다.

"바…… 받들어 모시겠습니다, 주인님."

베네딕의 모습에 무열은 천천히 고개를 끄덕였다.

안티홈 대도서관은 거대한 위용을 자랑하는 건물이었지만 의외로 정말로 중요한 마법은 그 뒤편에 있는 낡고 허름한 작은 건물 안에 있었다.

"νωΧο-κ υφ-χφγ φ--ʃt."

베네딕은 거의 부서질 것처럼 보이는 문 앞에 손을 가져가며 낮은 목소리로 마법어를 읊조렸다. 무열은 그가 내뱉는 단어들이 어디선가 들었던 것같이 낯익다는 느낌이 들었다.

'저건⋯⋯.'

그는 눈을 가늘게 뜨며 베네딕이 말한 마법어를 조금씩 읊조렸다.

'확실히 남부 일대에서 들었던 부족어와 거의 유사하다.'

비록 북부와 남부로 갈라져 있다고는 하지만 같은 대륙에 살고 있는 토착인이었기 때문에 언어가 유사한 것이 이상한 일은 아니다.

하지만 그것이 공용어가 아닌 부족어와 마법어라면 명백히 달라진다. 언어란 '힘'이기 때문이다.

리앙제가 살았던 엘리젤 일족의 부족어만 하더라도 뇌격과 뇌전의 힘을 일깨우는 인챈트의 힘을 가지고 있었고, 그와 비슷한 베네딕의 마법어 역시 두말할 것도 없이 마법의 힘을 가지고 있으니 말이다.

'언어가 비슷하다는 것은 그 원류(源流)가 같을지도 모른다는 의미를 가진다.'

여명회와 불멸회 역시 그렇다. 무열은 자신이 살았던 이전의 생에만 하더라도 두 개의 마법회가 7인의 원로회라는 구전으로만 전해지던 단체에서 파생되었을 것이라고는 상상도 하지 못한 일이니까.

'어쩌면……'

남부와 북부, 그리고 외지인, 지구인을 떠나 세븐 쓰론이란 이 거대한 세계 역시 하나로 합쳐질 수 있는 계기를 찾을 수 있을지도 모른다는 생각이 들었다.

'아직 먼 미래의 일이겠지만.'

끼이이이익.

마법 잠금이 해제되고 안채의 문이 열렸다.

퉁, 퉁, 퉁.

건물의 외관만 보면 무척이나 작아 보였지만 놀랍게도 문이 열리자 끝을 알 수 없는 복도가 이어졌고 양옆으로 마법 등이 켜졌다.

"들어가시죠."

베네딕은 그 안을 들여다보는 것만으로도 버거운 듯 무열과 눈을 마주치지 못한 채 조심스럽게 말을 꺼냈다.

"지금부터 내가 이곳을 나올 때까지 도서관을 찾는 자들의 명단을 작성하도록 해."

"네?"

"이름과 어디까지 도전에 성공했는지, 그리고 가지고 간 마법과 아이템까지 몽땅 적어서 빠짐없이 보고해."

자신에게 뜻 모를 명령을 하는 무열을 향해 베네딕은 아직 이해가 가지 않는 듯한 표정이었다. 그도 그럴 것이 마법사란 존재는 자신과 자신의 마법 이외에는 관심이 없었기 때문이었다. 그게 마법사 중에 별종이 많은 이유이기도 했다.

"알겠습니다."

자신이 왈가왈부할 문제가 아니었다. 이제 안티홈의 주인은 바뀌었고 베네딕은 이곳에 있고 싶다면 선택을 해야 한다.

지금.

새로운 주인에게 순응을 하는 것을.

"좋다."

무열은 베네딕의 태도에 만족스러운 표정으로 고개를 끄덕였다.

'하미드 자하르는 이미 도서관을 다녀갔지만 그 이후로도 이곳을 찾는 재능이 뛰어난 마법사는 많다. 그들을 나의 휘하에 두기 위해서는 가장 먼저 해야 할 것은 그들이 이곳에서 얻은 직업과 무엇을 더 얻고 싶어 하는지를 알아내는 일이다.'

고스트 바인드(Ghost Bind) 김인호뿐만 아니라 안티홈 대도서관에서 2차 전직을 한 마법사들 중에 이름을 떨친 자는 많았다.

화법신(火法神) 아누스 칸을 비롯하여 중력술사(重力術士)라는 유니크 클래스를 획득한 카산느 고웰까지.

'그들 모두가 최소 S급의 랭커였다. 모두를 얻을 수 없더라도 내가 기억하는 랭커들 중 몇 명만 얻어도 대륙의 판도는 바뀔 테니까.'

상아탑과 여명회의 대표 마법사인 데인 펜틴슨과 하미드 자하르를 필두로 하여 이들을 영입한다면 그 누구도 넘볼 수 없는 마법부대가 탄생하게 될 것이다.

'하지만 그들 역시 다른 사람들과 마찬가지로 자신보다 약한 사람을 섬기지 않을 것이다.'

강찬석과 오르도 창을 비롯하여 필립 로엔까지, 그들은 무열의 압도적인 무력에 매료되었다.

마법사들 역시 마찬가지다. 자신들이 따르고자 하는 리더에게 믿을 수 있는 힘이 있어야만 결속력이 유지될 것이다.

우우우우웅.

무열이 손바닥을 펼치자 그 위에 푸른색의 구체와 검은색의 구체가 서로를 경계하듯 빙글빙글 주위를 돌며 회전했다. 하지만 이내 곧 검은색 구체가 푸른 구체를 잡아먹을 듯 커졌다.

"후우……."

숨을 토해내며 무열은 가까스로 제멋대로 날뛰려고 하는 검은 구체를 억눌렀다. 푸른 구체는 두말할 것도 없이 자신의 마력이었고 검은 구체는 암흑력이었다.

'나인 다르혼에게서 흡수한 암흑력이 비약적으로 크다. 이대로 그냥 두었다가는 마력의 불균형으로 몸이 망가질 거야.'

무열은 복도를 걸으며 생각했다.

"상태창."

이름 : 강무열

랭크 : C

직업 : 패스파인더 & 화염의 군주

근력 : 1,080(+80) 민첩 : 859(-30)

체력 : 650(+200) 마력 : 680

암흑력 : 2,600

〈히든 스테이터스〉

카르마(Karma) : 70 / 100

권위(Authority) : 85 / 100

〈내성력〉

물리 내성 : 130 마력 내성 : 110

독성 내성 : 115 화염 내성 : 100

빙결 내성 : 80 전격 내성 : 80

대지 내성 : 80 바람 내성 : 80

〈속성력〉

화염 속성 : 110

번개 속성 : 70(무기 한정)

〈버프〉

[최초의 검술 창조자]

[불꽃 첨탑의 강자]

[경기장의 승리자]

〈타이틀〉

퍼스트 킬러(First Killer) – 활성화

검의 구도자(Seeker of the Sword) – 활성화

재해 추격자(災害 追擊者) – 활성화

안티훔의 주인 – 활성화

〈전투 스킬〉

검술 마스터리 : 70%(C랭크)

–강검술 : 30% – 4식

–비연검 : 15% – 4식

굴절 : 20%(C랭크)

열화천 : 55%(C랭크)

완벽한 마력의 붕대법 : 55%(C랭크)

마나 운용법 : 70%(C랭크)

-벤누의 호흡법 적용

-안티훔의 주인 타이틀 적용

〈생산 스킬〉

[지도 제작 : 45%(D랭크)]

한눈에 볼 수 없을 정도로 많은 스테이터스와 내성력, 그리고 무려 4개의 위업을 달성하며 얻은 타이틀까지 무열은 그예전이라면 상상도 할 수 없을 상태창을 보면서도 이제는 흥분보다는 오히려 냉정하게 자신을 살폈다.

'암흑력이 2,600……. 영혼 반지뿐만 아니라 검은 구름의 귀걸이 덕분에 매일 암흑력이 1포인트씩 증가하기 때문에 차이는 계속해서 벌어질 것이다.'

솔직히 보면서도 믿을 수 없는 수치다.

전생에서 그가 알기로 SS랭커였던 염신위의 암흑력이 2천 대였다. 암흑력뿐만 아니라 다른 스테이터스의 수치 역시 그와 비슷한 기준이라 본다면 1,080의 근력 수치는 이미 A랭커를 뛰어넘은 것이라 봐도 좋을 것이다.

'수치로 보니 나인 다르혼의 암흑력이 엄청난 거였군……. 아니, 룰 브레이크의 능력이 지나치다고 해야 하는 걸까.'

SS랭커의 암흑력을 가지게 된 무열은 자신의 손가락에 낀 반지를 한번 쓱 바라봤다.

"뭐, 아직은 오롯이 내 힘이 아니지만."

무열은 그렇게 말하며 복도의 끝에 있는 세 개의 문 중 하나에 섰다.

'곧 있으면 히든 스테이터스인 권위의 숙련도가 가득 찬다. 한 단계 랭크 업을 하게 되면 이것 또한 어떤 식으로 변할지 기대되는데.'

트라멜을 수복하고 재해를 막아내면서 그는 특히나 병사들을 운영하는 데에 뛰어난 능력을 발휘했다. 그뿐만 아니라 카나트라 산맥에서 카토 치츠카와의 일전과 벤퀴스 번슈타인, 튤리 라니온과의 전투를 통해 다시 한번 권위(權威)라는 능력이 비약적으로 상승하는 계기가 되었다.

'분명, 이 능력은 트라멜을 포함해서 7왕국을 이끄는 데 큰 힘이 될 거다. 그 전에 랭크 업을 해야겠어.'

무열은 이미 그 뒤의 계획을 준비하고 있었다.

'상아탑까지 모두 공략한 뒤에. 그다음 목적지는 역시…… 그곳이 돼야겠지.'

다른 사람들이 이런 말을 한다면 아직 해결할 것이 남아 있는데 성급한 생각이라고 할지 모르지만 무열은 다르다. 그는 자신의 힘을 더 이상 의심하지 않으니까.

이제 겨우 2차 전직.

상아탑을 비롯해 나머지 것들 역시 기껏해야 그에게 있어서는 지나가는 관문에 불과할 뿐이다.

"그런데……."

무열은 자신의 상태창을 바라보다 이상한 점을 발견했다.

"그러고 보니 랭크가 올라가지 않았잖아?"

나인 다르혼을 물리치고 안티훔의 주인이라는 위업을 달성했음에도 불구하고 무열의 랭크는 여전히 C였다.

그 말은 곧, 아직 2차 전직이 되지 않았다는 것을 의미했다.

"규율을 파괴한다? 믿을 수 없군……. 내가 평생을 바쳐서 얻은 힘을 한순간에 어그러뜨리다니. 내가 너무 오랫동안 갇혀 있었던 건가? 아니면 네가 특별한 것인지."

무열은 어쩐지 악몽의 서에서 사라지기 직전 마지막으로 했던 나인 다르혼의 목소리가 들려오는 것 같았다.

"크…… 크큭. 네가 내 안티훔의 새로운 주인이 될 거라고? 좋다. 그럴 수 있겠지."

무열은 나인 다르혼에게 두 개밖에 남지 않은 룰 브레이크를 사용했다. 경기장의 비석을 바꾸어 듀얼 클래스를 얻을 때와 달리 어쩌면 이번 스킬의 사용은 도박이었다.

그의 말대로 사념체를 벨 수 있는 능력은 그에게 없다. 하지만 그 어떤 적이라도 육체가 있는 존재를 벨 수 있는 힘은 있다.

무열이 나인 다르혼에게 사용한 룰 브레이크(Rule Break).

그건, '사념의 육체화'였다.

무열은 나인 다르혼의 사념 그 자체를 베었다. 죽음에서 벗어난 존재를 다시 죽음의 영역 안으로 끌어다 놓은 것. 그건 무열을 제외하고 분명 그 누구도 할 수 없는 일이었다.

"너는 영원히 안티홈의 끝에 닿지 못할 것이다."

그의 말이 떠오른다.

"아직 뭔가 남아 있군."

무열은 그제야 알 수 있었다. 아직 안티홈 대도서관에서 자신의 전직 퀘스트는 끝나지 않았음을.

'평범한 2차 전직이었다면 도전의 서를 클리어했을 때 얻었을 것이고 유니크 클래스라면 악몽의 서에서 끝났을 것이다. 하지만 나는 그 두 책을 만든 나인 다르혼을 죽임으로써 그가 만든 규율에서 벗어났다.'

그렇다면 남은 것.

'나인 다르혼이 만든 마법서가 아닌 안티홈 자체에서 얻을

수 있는 히든 클래스(Hidden Class).'

무열은 그의 말을 떠올리며 가볍게 웃었다.

"잘됐어."

애초에 흔한 직업으로 전직을 할 생각은 없다. 그렇기 때문에 안티홈의 주인이 되고자 한 것이었으니까.

불꽃 첨탑 때와도 마찬가지로 누군가 만들어 놓은 직업을 얻지 않을 것이다. 단 한 번뿐인 선택이라면, 그 누구도 하지 못한 것을 얻으리라.

'패스파인더와 화염의 군주.'

무열은 두 개의 클래스를 가졌다. 보통의 경우, 대부분 1차 직업의 상위 버전으로 전직을 할 것이다. 자신이 가진 스킬을 더 강화시키기 위함이다.

하지만 무열의 것은 상위 단계가 없는 독립된 직업이었다.

'원래 전직을 하더라도 하위 클래스의 능력이 사라지는 것은 아니다. 그걸 뒤집어 생각하면 2차와 3차 때는 완벽하게 이 두 개와는 별개의 클래스를 얻어야 한다.'

그렇기 때문에 선택한 것이 안티홈 대도서관이었다.

무열은 클래스의 카테고리를 벗어나 제약 없이 직업을 선택할 수 있다. 만약, 그가 전혀 다른 성향의 클래스로 3차 전직까지 하게 된다면…….

'나는 6개의 직업을 얻게 된다.'

그 끝을 상상할 수도 없기에 무열은 자신도 모르게 전율을 느꼈다.

[불멸회 초대 마법 – 마력 추출]

[불멸회 초대 마법 – 어둠 거인]

[불멸회 초대 마법 – 우월한 눈]

'드디어…….'

불멸회가 창립된 이후부터 내려오는 세 개의 마법.

나인 다르혼의 수하에 있었던 하미드 자하르는 이 세 개의 마법 중에 고작 하나만을 익혔다. 하지만 그것만으로도 그는 7클래스 마법사라는 대륙에서 손꼽히는 강자가 되었다.

'하지만 이제 이 마법을 통제할 나인 다르혼이 없다.'

무열은 세 개의 문 각각에 쓰여 있는 팻말을 바라보며 낮은 목소리로 말했다.

"남은 것은 보상뿐. 이곳에서 얻을 수 있는 모든 것을 얻고 상아탑으로 가는 거다."

분명 이 세 개의 마법을 모두 얻고 나면 단서를 찾을 수 있을 것이다.

바로, 안티홈 대도서관에 숨겨진 히든 클래스(Hidden Class).

"좋아."

무열은 기대에 찬 얼굴로 마력 추출의 방의 문손잡이를 돌렸다.

[끼륵, 끼륵.]

낡은 문이 천천히 열리며 마치 진흙으로 만들어진 작은 점토 인형 같은 것이 들어왔다. 까만 인형의 머리 위에는 커다란 접시가 들려져 있었고 그 위엔 먹을 것들이 있었다.

[끼륵, 끼륵.]

녀석은 앙증맞은 걸음으로 뒤뚱거리면서도 익숙한 듯 용케 접시 위에 있는 음식들을 쏟지 않았다.

"으흠."

인형이 걸음을 멈추자 어둠 속에서 손 하나가 불쑥 튀어나와 접시 위에 있는 빵을 집어 들었다.

[이제 제법 컨트롤이 익숙해진 것 같군.]

"응, 처음엔 엉망이었는데 말이지. 쿤겐, 내가 여기에 들어온 지 얼마나 되었지?"

[이 방에서만 밤낮이 바뀐 지 이제 열흘째다.]

"벌써 그렇게 되었나?"

무열은 인형 위에 놓여 있는 물병을 들어 단숨에 들이켰다.

[그래도 밖에 있는 녀석, 네 명령에 꼼짝없이 잘 따르는군. 겉모습과 달리 말이야.]

"사서란 그런 거니까. 도서관의 혜택을 받는 대신에 주인에게 절대복종해야 하는 존재."

도서관의 안채에 들어온 이후부터 베네딕은 하루도 빠짐없이 매일 복도 끝에 음식들을 놓고 갔다. 하나같이 누추한 모습의 남자가 만들었다고 생각하기 어려울 정도로 깔끔하고 맛있는 것들뿐이었다.

그러나 종족 전쟁 이후 인간군이 패하기 직전, 안티훔 대도서관이 몰락하기까지 하미드 자하르의 옆을 끝까지 지켰던 베네딕의 성품을 무열은 잘 알고 있었기 때문에 새삼스러운 일은 아니었다.

"좋아."

무열이 말을 함과 동시에 그의 옆에 서 있던 작은 인형이 뒤뚱거리며 그의 뒤로 물러섰다.

[훌륭한 시종이로군.]

쿤겐의 말에 그는 가볍게 웃었다.

[불멸회 초대 마법 - 어둠 거인]

나인 다르혼이 안티훔 대도서관을 설립할 때 만든 창조 마법.

자신의 암흑력과 마력에 비례하여 어둠 거인을 소환한다. 거인은 단 하나만 소환할 수 있으며 소환된 어둠 거인은 지속적으로 시전자의 암흑력을 소모한다.

[숙련도 : 20]

무열의 옆에 있던 작고 검은 인형은 다름 아닌 그가 만든 어둠 거인이었다.

'아직 암흑력의 균형이 모두 이뤄지지 않았다. 마력과의 조율을 위해서 조금씩 암흑력을 소모하는 방법으로 어둠 거인을 유지하는 것만큼 더 좋은 것 없지.'

안채 안에서 잔심부름을 시킬 것은 기껏해야 베네딕이 갖다 놓은 접시를 운반하는 것 정도였지만 그보다 더 필요한 것은 과도하게 한순간에 얻게 된 암흑력을 소진시키는 일이었다.

암흑력을 얼마만큼 쏟아붓느냐에 따라서 이렇게 작은 인형 크기에서부터 수 미터에 이르기까지 어둠 거인의 크기와 힘은 가지각색으로 변할 수 있다.

"상태창."

무열은 자신의 상태창에 있는 스테이터스 수치를 확인했다.

'드디어 마력과 암흑력이 모두 1,700포인트가 되었다. 아마 이번이 마지막이겠군.'

"마력 추출."

그가 낮게 시동어를 말하자 그의 양쪽 손바닥에서 각각 푸른 구체와 검은 구체가 나타났다. 현재로서 정확히 같은 수치로 두 힘이 균형을 이룬다고 할 수 있지만 그에겐 검은 구름의 귀걸이가 있었다.

'암흑력은 수련을 굳이 하지 않아도 조금 쌓인다. 이참에 마

력을 좀 더 올려도 괜찮겠지.'

그가 두 팔을 벌리자 검은 구체의 주변을 푸른 구체가 맴돌기 시작했다.

"후읍."

낮게 숨을 들이마신 순간, 천천히 주위를 돌던 푸른 구체의 속도가 점차 빨라졌다.

[불멸회 초대 마법 – 마력 추출]

나인 다르혼 이전부터 존재했던 마법이라는 말이 있기에 정확한 출처를 알 수 없다. 분명한 것은 오직 불멸회에서 그만이 이 마법을 배웠다는 것.

마력을 가진 생명체에서 마력을 추출할 수 있으며 원소력과 같은 다른 성질의 힘을 마력으로 변환시킬 수도 있다. 또한 반대로 마력을 다른 성질의 힘으로도 변환할 수 있으나 자신이 익히지 않은 힘이라면 불가능하다.

지지직…… 지지지직……!!

무열이 안채에 들어오자마자 가장 먼저 배운 마법이 바로 마력 추출이었다. 넘쳐 나는 암흑력을 그냥 둔다면 그의 신체가 폭발했을지도 모른다. 그러나 그가 나인 다르혼의 암흑력을 과감하게 흡수한 것은 바로 이 마법이 안티홈에 있다는 것을 알고 있었기 때문이다.

지지직…… 지지지직……!!

파르르 떨리는 무열의 팔. 위를 향해 펼쳤던 손바닥을 서로 바라보게 세우자 두 개의 구체가 자이로처럼 뱅그르르 돌기 시작했다.

'한 번 더.'

무열은 그 모습을 보며 날카롭게 눈을 흘기며 두 힘의 교차점을 찾았다.

팍…… 파팍……!

파즈즈즈즈즉————!!!

격렬하게 반발하는 두 개의 힘.

당장에라도 폭발할 것같이 위태로워 보였지만 무열은 오히려 두 개의 힘을 압축시키듯 더욱더 밀어붙였다.

"후읍……!!!"

숨을 내뱉는 순간, 그의 눈빛이 빛났고 맹렬하게 회전하는 구체가 닿자마자 진액처럼 서로 뒤엉키며 커졌다 작아졌다를 반복했다.

'지금……!'

무열이 합장을 하듯 손바닥을 마주치자 조금 전까지 요동치던 구체가 새하얀 연기를 내뿜으며 그의 손바닥 아래에서 사라졌다.

스그그그그그…….

연기는 그의 두 팔을 타고 어깨를 지나 심장까지 단숨에 스며들었다.

[암흑력을 마력으로 변환하였습니다.]

[암흑력이 100 Point 감소합니다.]

[마력이 100 Point 증가합니다.]

[벤누의 호흡법이 적용되어 흡수된 마력의 흡수가 10 Point 추가 생성됩니다.]

[마나 운용법 : 100%(C랭크) 도달!!]

[마나 운용법 승급!]

[마나 운용법 : 1%(B랭크)]

[벤누의 마나 호흡법을 통하여 특수 스킬 사용 가능]

[마나 정기의 록(Lock)이 해제되었습니다.]

무열이 마지막 연기를 흡수하자마자 메시지창이 떠올랐다.

"……음?"

그는 생각하지 못했던 마나 운용법의 랭크 업에 살짝 놀란 듯 황급히 자신의 상태창을 확인했다.

[마나 정기(Mana Spirit)]

세븐 쓰론에 존재하는 흑용족 군주 벤누가 사용했다고 알려져 있는 중급 마나 스킬.

마나를 중첩시켜 고리 형태로 만들어 저장할 수 있다. 세 번째까지 중첩 가능하다.

"마나 정기……?"

미래에 스킬들을 알고 있는 무열이라 할지라도 그건 인간에 국한되어 있다. 용족을 비롯해서 토착인들의 능력까지 그는 알지 못했기 때문에 벤누의 호흡법이 이런 스킬로 이어질 것이라고는 생각하지 못했다.

하지만 선혈 동굴에서 공략했던 벤누가 사용했던 강력한 스킬만큼은 아직까지 기억하고 있다.

지지직…… 지지직……!!

그가 팔을 들어 올리자 그의 손목을 중심으로 둥근 띠 같은 것이 형성되었다.

'역시…….'

스파크가 일어나는 고리를 보며 무열은 확신했다.

'이번 마력 추출로 인해서 호흡법의 숙련도에도 뭔가 변화가 생긴 것이 틀림없다. 마력 운용법이 증가하면서 좀 더 그것에 가까워진 형태가 된 것이겠지.'

무열이 벤누의 호흡법을 처음 얻었을 때 그 책의 설명에 적혀 있었던 한 줄.

'마력 폭풍.'

자신이 만들어낸 이 마나 정기 고리야말로 벤누가 사용했던 마력 폭풍의 시발점이라는 것을 그는 직감했다.

즈아아앙.

그가 힘을 주자 하나였던 고리가 갈라지며 엑스 자로 두 개가 생겨났다. 그리고 또 한 번 더 힘을 주자 무열의 어깨가 휘청거렸다.

"큭……?!"

두 번째와는 달리 생각지도 못한 많은 양의 마력이 단숨에 빠져나가는 것이 느껴졌다.

세 개의 고리가 만들어진 순간, 그는 그것을 유지하지 못하고 그만 고리를 해제하고 말았다.

"후우…… 이거 보통 일이 아닌걸."

순식간에 자신의 마력 절반이 고리를 만드는 데 날아가 버렸다.

"분명 고리 형태로 저장할 수 있다고 쓰여 있는 걸 봐서는 단순히 소모를 하는 것은 아닐 텐데……. 마나 정기를 한 번 만들 때 모든 마력을 쏟아부어야 하는 건가?"

무열은 인상을 찡그렸다.

"혹시……."

그 순간, 그는 뭔가를 깨달은 듯 황급히 어둠 속에서 무언가를 짚었다.

촤르르르륵……!!

손을 가져가는 순간 어둠 속에서 책의 페이지가 넘어가는 소리가 들렸다.

'마지막 마법.'

다른 마법들과 달리 어둠 속에서 보일 리가 없음에도 불구하고 무열은 책을 양손으로 잡고는 천천히 의식을 집중했다.

다른 두 개의 방에서 얻은 마법과 달리 마지막 마법은 매우 특이했다.

[불멸회 초대 마법 – 우월한 눈]

기본적으로 마법을 익히기 위해서는 마법서를 정독하고 가장 마지막에 적혀 있는 대로 똑같이 마력을 운용함으로써 마법은 스킬화가 된다.

초대(初代) 마법이라고 다른 것은 아니었다. 마력 추출과 소환술인 어둠 거인 역시 마법서에 적힌 대로 마력을 사용해서 쉽게 습득했다.

하지만 이것, 우월한 눈 마법만큼은 그렇지 않았다.

그렇기 때문에 열흘 동안이나 이 어둠 속에 있음에도 불구하고 그가 익히지 못한 이유였기도 했다.

'하지만⋯⋯.'

이제는 조금 알 것 같았다.

'이 마법이 의미하는 것이 무엇인지를.'

푸스스스⋯⋯.

문 앞에 서 있던 어둠 거인이 모래가 흩어지는 것처럼 부스러졌다.

의식의 집중은 점차 더 고조되었다.

'이 마법은 애초에 마법서가 필요한 것이 아니었어. 어둠 속에 있는 이유는⋯⋯.'

무열의 앞에 작은 불빛 하나가 나타났다.

파앗-!

불빛은 두 개가 되고, 다시 세 개가 되었다. 눈을 감고 있음에도 불구하고 무열은 그 불꽃이 더욱더 선명해지는 것을 느꼈다.

'조금만 더⋯⋯.'

닿을 듯 안 닿을 듯 앞에 있는 불꽃에 좀 더 얼굴을 가까이 댄 무열은 일렁이는 불꽃을 따라 고개를 돌렸다.

'지금까지와는 다른 방법으로 접근하는 거다. 마나 정기와 마찬가지로 응축시키는 것이 아니라 확장. 그렇게 해도 마법 자체가 사라지는 것이 아니니까.'

세 개의 불꽃이 일직선상에 놓인 순간.

"지금!!"

무열은 눈을 뜨며 자신도 모르게 소리쳤다. 그러자 세 개의 불꽃이 갑자기 도넛처럼 가운데가 빈 원형으로 벌어지며 손바닥만 했던 원이 팽창하며 커다랗게 늘어났다.

콰드드드득……!!

불꽃의 구멍 안으로 바람이 휘몰아치는 듯한 소리가 들렸다.

파아앗-!!

커다란 원은 다시금 작아지면서 무열의 눈에 스며들듯 흡수되었다. 원 안에 보였던 광경들이 그의 두 눈에 선명하게 그려졌다.

'저긴…….'

놀랍게도 눈앞에 보이는 것은 남부 경기장이었다. 마치 필름을 넘기는 것처럼 그가 의식을 집중하자 남부 경기장에서 빠르게 화면이 전환되며 그곳에서 수십 킬로 떨어져 있는 성마의 광산이 보였다. 윤선미와 강찬석이 있는 곳. 그리고 다시 한번 고개를 돌리자 그다음엔 트라멜에서 병사들을 훈련시키는 필립 로엔이 눈앞에 보였다.

"……."

무열은 입을 다물지 못했다.

그 옆의 공방. 창문이 점차 확대되면서 공방의 내부가 보였고 그 안에 지옹 슈와 리앙제의 모습도 볼 수 있었다.

'이런 능력인가.'

말 그대로 천리안(千里眼).

하지만 보통의 투영 마법과는 근본적으로 완전히 달랐다. 우월한 눈은 원하는 장소가 아닌 원하는 사람을 찾을 수 있는 마법이었다.

'엄청난 걸 얻었다. 이 마법이야말로 세 가지 마법 중에 어쩌면 가장 무궁무진하게 활용할 수 있는 마법일지도 모르겠어.'

바로 전장(戰場).

'동료뿐만 아니라 적장의 위치까지 알 수 있다면…….'

수천, 수만이 뒤엉켜 있는 난전 속에서 정확히 적의 위치를 찾을 수 있다는 건 쓸데없는 피를 흘리지 않고서 승리를 확정 지을 수 있다는 것이니까.

무열이 마지막으로 고개를 돌렸다.

그때였다.

"……!!!!"

순간, 그는 깜짝 놀라며 자신도 모르게 고개를 뒤로 젖혔다. 의식이 흐트러짐과 동시에 동그랗게 뜬 눈앞에 방금 전 만들어진 고리가 사라지고 말았다.

"방금 그건……."

[불멸회 초대 마법 – 우월한 눈을 습득하였습니다.]

[불멸회 세 개의 마법을 모두 통달하였습니다.]

[새로운 직업 발견!]

[암흑법사(Dark Magician)]

[직업을 선택할 수 있습니다.]

[2차 전직을 하시겠습니까?]

무열이 마지막으로 우월한 눈을 배움과 동시에 그의 앞에 생겨난 메시지창. 하지만 그는 새로운 직업을 발견했음에도 불구하고 안중에도 없다는 듯 읽어볼 생각도 하지 않고 시야를 가리는 창들을 손으로 흩어 없앴다.

"……."

그가 마지막으로 본 것. 그건 자신이 보려고 의도한 것이 아니었다. 마치, 우월한 눈 마법이 그에게 일부러 보여준 것 같은 느낌.

"찾았다……."

자리에서 일어선 그의 입꼬리가 살며시 올라갔다.

그는 망설임 없이 문을 박차고 나왔다.

"안티홈의 히든 피스(Hidden Pieace)."

51장
히든 클래스

"베네딕."

"네, 네!! 주인님."

도서관의 문이 열리고 서재에 앉아 있던 베네딕은 생각지 못한 무열의 등장에 황급히 자리에서 일어나며 소리쳤다.

쿵- 쾅-!!

그 순간, 구부정한 자세로 있던 그는 열린 문 사이로 무열을 보고서 자신도 모르게 숨을 참았다.

"헙……."

"왜 그러지?"

"아, 아닙니다."

무열은 자신을 보자마자 당황해하는 그의 모습에 의아함을 느꼈다. 나인 다르혼의 암흑력을 흡수했을 때와는 또 다른 당혹감이었으니까.

"마법…… 모, 모두 익히신 겁니까."

베네딕은 조심스럽게 무열에게 말했다. 하지만 그는 차마 쳐다볼 엄두가 나지 않는지 처음 무열을 만났을 때보다 더 고개를 푹 숙였다.

"그…… 누…… 눈."

그러고는 조심스럽게 손을 들어 무열의 얼굴을 가리켰다.

"그렇군. 혹시 이 마법이 불멸회에 소속된 자에게는 모두 느껴지나 보지?"

베네딕의 말에서 무열은 눈치챌 수 있었다. 안티홈이 만들어지고 생겨난 초대 마법(初代魔法). 그것은 오직 이곳의 주인만이 열람할 수 있으며 배울 수 있다.

그중에서도 특히 세 번째 마법인 '우월한 눈'은 단순히 천리안의 마법뿐만 아니라 불멸회의 마법사들에게 일종의 표식이 될 수도 있었다.

주인을 알아보는 표식.

그리고 그것은 절대적이다. 자신보다 먼저 도서관을 왔었던 하미드 자하르라 할지라도.

무열은 자신의 눈을 쓰윽 한 번 만졌다. 외관상으로는 이렇다 할 변화는 없었다. 여전히 검은색의 눈동자였고 마법을 쓴다 하더라도 똑같았다.

"……하명하십시오, 주인님."

하지만 베네딕의 눈에는 다르게 보이는 것 같았다. 마치 자신을 압도하는 거인이 그를 내려다보고 있는 것처럼 느꼈다.

"이곳 안티홈에 지하실이 있지?"

"지하실 말씀이십니까? 네, 물론 있습니다. 음식을 저장하는 창고와 도구들을 모아놓는 창고가 몇 개 있습니다만……."

긴장했던 것과는 달리 평범한 질문이었기에 베네딕은 그제야 조심스럽게 고개를 들 용기를 냈다.

"몇 개나 있지?"

"그게……."

그는 황급히 손가락을 들어 숫자를 셌다. 뛰어난 지혜와 지식을 가진 안티홈의 사서가 기억을 더듬으며 손가락으로 수를 세고 있는 건 그가 무열을 앞에 두고 얼마나 긴장을 하고 있는지를 보여주는 모습이었다.

"모두…… 스물일곱 개입니다."

"지금도 그 지하실을 모두 쓰는 건가?"

"예전에는 도서관에 마법사들과 함께 거주를 하고 있어서 그랬었지만 지금은 일곱 개 정도만 쓰고 있습니다."

"그래?"

"네, 뭐 찾으시는 것이라도……?"

베네딕은 조금 전과는 달리 자신 있게 물었다. 창고 안에 있는 음식을 비롯해 각종 마법 도구까지 그가 관리를 하고 있었기에 그 숫자부터 어디에 있는지까지 눈 감고도 찾을 수 있었다.

"안 쓰는 창고가 스물이라."

"……네?"

"그중에 붉은 석벽으로 되어 있는 창고가 있나?"

"붉은 석벽이면…… 동쪽 창고 건물을 말씀하시는 것인지……. 3층으로 되어 있는 게 하나 있습니다."

"그래? 그 건물에 지하실도 있고?"

"물론입니다."

고개를 끄덕이는 베네딕을 보며 무열은 가볍게 미소를 지었다.

"거기로 안내해라."

그 순간, 베네딕의 얼굴이 난처한 듯 구겨졌다.

꾸…… 꾸에엑…… 꾸에에엑…….

꾸에…… 꾸에에…….

"그게……."

송구스럽다는 듯 어쩔 줄을 몰라 하는 베네딕은 창고 안으로 들어가려는 무열을 막아서며 황급히 말했다.

"주, 주인님!! 이곳은 안티홈의 주인께서 들어가실 곳이 아닙니다. 하명만 하시면 필요한 것을 제가 찾아드리겠습니다."

다급한 그의 모습.

뒤에서 시끄러운 돼지의 울음소리들이 들렸고 코를 찌르는 악취가 느껴졌다.

"아니, 여기가 맞다."

무열은 그 광경에도 아무렇지 않은 듯 베네딕의 어깨에 손을 얹고는 말했다.

"하, 하오나……."

"돼지우리에 들어가는 게 뭐가 못할 일이라고. 저 녀석들을 먹는 게 우리잖느냐."

검병부대의 부대원이었을 당시엔 하루하루가 이보다 더한 것투성이였다. 피가 잔뜩 뒤엉긴 진흙을 구르는 것에 비한다면 이런 것은 아무것도 아니었다.

"그리고 네가 할 수 있는 일이 아니다."

"네?"

"여기서 기다려라, 베네딕."

무열은 그를 지나며 말했다.

"오늘, 불멸회의 마법이 다시 태어날 것이다."

꿀꺽.

베네딕은 자신도 모르게 침을 꿀꺽 삼켰다.

이곳에서 평생을 바치리라 생각한 지 수십 년. 안티훔에 존재하는 가장 위대한 세 가지 마법보다 더 뛰어난 것은 없다고 자부했던 그에게 무열의 말은 충격이자 동시에 기대였다.

저벅, 저벅, 저벅.

무열은 오물투성이의 돼지우리를 아무렇지 않게 걸어갔다. 안쪽으로 깊숙이 들어가자 지하로 이어지는 문이 하나 있었다.

'안티훔은 나인 다르혼이 만들었다고 했다. 하지만 나인 다르혼조차 이곳에 대해서 알지 못했다. 그가 알았으면 분명…… 파기했을 테니까.'

무열은 문 앞에서 손가락을 튕겼다.

[쿠르르르…….]

그러자 어둠 거인이 연기를 머금고 공중에서 튀어나왔다. 처음에 작은 모습과는 달리 이번에 무열이 만든 어둠 거인은 거의 그의 키만큼 컸다.

'아마도…… 이 마법 때문이겠지.'

안티훔의 세 가지 마법 중 나인 다르혼 이전부터 존재했다고 알려져 있는 어둠 거인.

녀석은 천천히 몸을 일으키더니 마치 이미 명령이 내려진 것처럼 무열이 말하기도 전에 문 앞으로 걸어갔다. 그러고는 손잡이가 아닌 경첩이 달린 반대 부분을 있는 힘껏 밀었다.

철컥.

놀랍게도 어둠 거인의 손과 경첩 아래에 있는 홈이 정확히 꼭 맞았고 거인이 뒤로 문을 밀자 문은 뭔가 걸리는 소리가 나면서 밀렸다.

쿠그그그그……

바닥을 끄는 소리와 함께 뒤로 열려야 할 문이 옆으로 밀렸다.

[쿠르…… 쿠르…….]

어둠 거인은 자신이 할 일을 마쳤다는 듯 문이 열리는 것을 확인하고는 몸을 돌렸다.

좁은 문의 입구와는 달리 계단은 생각보다 많았다. 무열은 거인의 소환을 해제하고는 천천히 그 아래로 내려갔다.

「세 개의 마법을 모두 익힌 자만이 얻을 수 있는 태초부터 존재하던 위대한 힘이 이곳에 있다.」

지하실 끝.

문 앞에 쓰여 있는 글을 보며 무열은 생각했다.

'역시…… 나인 다르혼조차 세 개의 마법을 모두 익히지 못한 거다. 아니면 자존심이라든지 자신의 힘을 맹신해 자신이 만들지 않은 마법에 손을 대고 싶지 않았던 것일지도.'

그 한 번의 실수가 이런 결과를 만들었다. 나인 다르혼은 비록 최고의 마법사이지만 끝내 이곳에 있는 마지막 마법은 얻지 못한 것이니까.

「7인의 원로회 – 웰 바하르」

"웰 바하르?"

무열은 문 앞에 쓰여 있는 마지막 팻말에 적힌 이름이 낯익다는 생각이 들었다.

"……아!"

순간, 떠오른 기억.

대륙 최초의 네크로맨서라고 알려진 남자.

자신의 목걸이의 주인이기도 한 그의 이름을 이곳에서 본 것도 모자라 그가 7인의 원로회 중 한 명일 줄은 생각 못 한 일이었다.

'어둠 거인이 그의 마법이고 나인 다르혼이 어쩌면 웰 바하르의 제자였다면……. 이해가 가는군. 하긴, 자신의 사지를 갈기갈기 찢은 스승의 마법에 손을 대고 싶지 않았을 테니.'

무열은 지하실의 문을 열었다. 그곳에는 자신을 기다리는 듯 우월한 눈으로 본 풍경이 그대로 존재했다.

"이거다."

그 앞에 놓인 한 권의 책.

「이곳에 왔다는 것만으로도 그대의 능력은 충분히 증명되었다. 이제 7인의 원로회의 이름으로 세상에 유례없을 힘을 그대에게 전하노라.」

무열은 그 책에 손을 얹었다. 마법이 발동하면서 마력 추출 때와 마찬가지로 책 속에 있는 마력이 무열의 팔을 타고 서서히 스며들었다.

마법서를 읽는 것 따위의 행동은 필요 없었다. 이미 세 가지 마법을 모두 배운 그는 본능적으로 알고 있었으니까.

그는 두 눈을 감고 자신에게 들어오는 이형의 힘을 순순히 받아들였다.

[히든 피스 발견!!]

[소울 이터(Soul Eater)]

[직업을 선택할 수 있습니다.]

[특징 : 7인의 원로회의 일원이자 대륙 최초의 네크로맨서인 웰 바하르가 죽기 전 창조한 직업. 그의 죽음과 함께 사라진 직업이기에

존재하면서도 존재하지 않는 직업이다. 그렇기 때문에 그 힘이 무엇인지는 오직 이 길을 택한 자만이 알 수 있다.]

"소울 이터……."
무열은 그 이름을 나지막이 곱씹었다.

[소울 이터로 전직하시겠습니까?]
[히든 클래스는 개별 직업이기에 변화되지 않고 전직 시 추가됩니다. -히든 클래스는 스테이터스에 영향을 끼치지 않습니다.]
[히든 클래스가 아닌 다른 등급의 클래스로 전직 시 그 전에 선택한 클래스는 하나로 통합됩니다.]

무열은 그제야 1차 때 얻었던 패스파인더와 화염의 군주가 비록 로드급 클래스임에도 불구하고 능력치의 상승이 없는 이유를 알 수 있었다.
'그렇군. 보통의 전직 시 스킬에 관련된 근력, 민첩 같은 능력치가 오르지만 난 그렇지 않았다. 그 이유가 이 때문이었군.'
어차피 상관없었다. 능력치는 자신의 노력 여하에 따라 충분히 올릴 수 있는 것이었으니까. 오히려 각각의 클래스가 가진 고유의 힘을 그대로 유지하는 것만으로도 충분히 사기적인 능력일 터다.

무열이 고개를 끄덕이자 메시지창이 사라지며 새로운 창이 생성되었다.

[소울 이터(Soul Eater)로 전직]

[등급 : 로드 클래스(Lord Class)]

[효과 : 영혼의 힘으로 자신의 언데드 병사들을 강화시킬 수 있으며 영혼력을 주입할 시에 육체가 없는 사념체에게 직접적인 타격을 줄 수 있다.]

[영혼 마법을 사용할 수 있습니다.]

[히든 스테이터스 : 영혼력(靈魂力) 획득]

우우우웅…….

그의 전신을 회색빛의 기류가 감쌌다. 천천히 눈을 뜨며 무열은 자신에게 흡수되는 새로운 힘을 음미했다.

영혼력이라는 힘은 그로서도 처음 겪는 힘이다. 다행스러운 것이라면 몸 안에서 흡수된 영혼력이 암흑력과 성질이 비슷해 크게 이질감 없이 갈무리되고 있다는 것이었다.

"아직…… 익숙해지려면 시간이 필요하겠군."

마음 같아서는 지금 당장 이 힘이 어떤 능력이 있는지 확인해 보고 싶었다.

"……음?"

그런데 그의 시선을 사로잡는 또 다른 것이 있었다.

전직이 끝남과 동시에 지하실에 놓여 있던 책이 화르륵 불타올랐다. 재와 함께 책장에 남은 것은 낡은 팔찌 하나.

"설마……."

그 순간 그의 눈빛이 빛났다. 무열은 자신의 앞에 놓인 팔찌를 집어 들었다.

[네크로맨서의 팔찌를 획득하였습니다.]

[조건 확인 완료]

[네크로맨서의 팔찌를 사용할 수 있습니다.]

[네크로맨서의 목걸이가 팔찌와 반응합니다.]

'역시……!!'

웰 바하르라는 이름이 적혀 있을 때부터 예상했던 일이었다.

그리고 그 예상은 적중했다.

무열은 자신도 모르게 주먹을 꽉 쥐었다.

[2세트 효과 발견!!]

[암흑력 / 마력 +100]

[네크로맨서의 팔찌]

대륙 최초의 네크로맨서인 웰 바하르가 남긴 3개의 유품 중 하나.

자신의 암흑력에 한정하여 언데드를 소환할 수 있다.

등급 : A급(에픽 세트 2/3)

분류 : ACC

내구 : 파괴 불가능

[언데드 기사 소환 : 5마리]

[최대 암흑력 지속 시간 : 24시간]

[언데드 기사 : C등급]

네크로맨서의 유품 2가지를 모았을 때 소환할 수 있는 언데드. 언데드 병사에 비해 월등한 능력치를 지녔다. 평균적으로 C랭커의 힘을 가지고 있으며 유품 세 가지를 모두 모았을 땐 지옥마(Hellsteed)를 소환할 수 있으며 헬 나이트로 승급할 수 있다.

무열은 메시지창을 바라보며 생각했다.

"C등급 언데드 기사라……. 이 정도면 꽤 쓸 만하잖아?"

능력치 자체만으로도 강자들을 제외하고는 대부분 C랭커인 것을 감안할 때 충분히 유용했다.

하지만 전투보다 더 중요한 것.

원할 때 언제든 소환을 할 수 있다는 것은 단독으로 클리어

할 수 없는 던전에서 무열은 이제 파티원이 없어도 혼자서 언데드 기사를 소환함으로써 공략이 가능하다는 것을 의미한다.

"좋아……."

게다가 웰 바하르의 마지막 유품까지 모으게 된다면 언데드 기사는 승급이 가능하고 그 능력치는 최소 B에서 A랭크일 것이다.

'그리고 세트 아이템의 효과가 새로 생기겠지.'

새로운 언데드.

분명, 처음 네크로맨서의 목걸이를 얻었을 때 설명에서 세 개의 유품을 모두 모으면 특수한 언데드를 소환할 수 있다고 쓰여 있었다.

"기대되는걸."

무열은 사이즈가 저절로 줄어들며 자신의 팔에 부드럽게 장착된 팔찌를 한 번 쓸었다.

"다음은……."

그는 고개를 돌렸다. 어두운 방문 틈으로 밝은 빛이 새어들어 오고 있었다.

"상아탑인가."

무열은 그 빛을 바라보며 나지막한 목소리로 말했다.

[비석에 이름을 남기겠습니까?]

안티훔 대도서관을 나서기 직전, 입구에 세워진 비석이 반응을 하며 붉은색의 메시지창이 떠올랐다.

[안티훔의 비석에 당신의 이름이 각인됩니다.]
[2차 전직 관련 비석은 모든 세븐 쓰론의 여행자들의 기록이 통합되어 표시됩니다.]
[12위!!]
[상위 1%의 성적으로 그에 합당한 특전이 당신에게 주어질 것입니다.]
[스테이터스 상승 1%]
[내성력 포인트 10 획득]
[마력 포인트 50 획득]

결과에 무열은 당황스러울 수밖에 없었다.

비석에 이름을 남길 수 있는 사람은 오직 상위 5명. 무열은 그보다 못한 성적이었기 때문에 이름을 남기지 못했다.

당초 계획했던 모든 비석에 이름을 남기겠다는 것이 실패로 돌아간 순간, 무열은 자신의 실수를 깨달았다.

'아차······!'

안티훔 대도서관에 입성한 이후 도전의 서와 욕망의 서를 클리어하는 데까지는 누구보다 빠른 속도였을 것이다. 하지만 문제는 그 이후 세 개의 마법을 배우기 위해 열흘이 넘는 시간을 소비하고 말았다.

'이곳에 들어오고 난 뒤부터 소울 이터를 얻을 때까지의 시간이 모두 합산되는 거였군.'

무열은 아쉬운 마음에 입술을 살짝 깨물었다.

'상아탑에서는 좀 더 주의를 해야겠어.'

하지만 열흘이 넘는 시간을 썼음에도 불구하고 12위라는 것은 2차 전직이 그만큼 어렵다는 것을 의미하기도 했다.

"음?"

아쉬운 마음에 그는 비석에 적힌 상위 5명의 이름을 한 번 훑어보았다. 그 목록에는 낯익은 이름이 보였다.

"최혁수."

오랜만에 그 이름을 부르면서 무열은 입꼬리를 올렸다.

"역시······."

자신의 생각대로 그는 대단한 재능의 소유자였다. 무열은 자신의 도움이 없었어도 분명 상위 5명 중에 최혁수의 이름이 있을 것이라고 예상했던 일이었으니까.

하지만, 비석에 적혀 있는 그의 순위는 2위였다.

"음……."

그 위에 적힌 이름.

[박종혁]

무열은 그 이름을 본 순간 살짝 인상을 찡그렸다.

"분명…… 불꽃 첨탑에서 본 이름이다. 그때도 인간군 4강을 뛰어넘어 1위에 랭크되어 있었는데……."

2차 전직마저 1위.

그것도 불세출의 천재라고 불리는 최혁수의 기록보다 먼저 생성되어 있었음에도 불구하고 훨씬 뛰어났다.

"도대체 누구지?"

이 정도의 실력자라면 분명 자신이 있었던 미래에 두각을 나타냈을 것이다. 그러나 아무리 생각해도 그런 이름을 가진 사람은 없었다.

'가명인가? 아니야. 비석의 이름은 오로지 자신의 이름만을 새길 수 있다. 가짜 이름을 쓴다는 건 있을 수 없는 일이야.'

무열은 시간이 지날수록 더욱더 박종혁이라는 존재에 대해서 의문이 들었다.

"다음에는……."

자신의 권세 안에 있는 사람들이라면 상관없다. 하지만 그게 아니라면 곧 적이 될 수 있는 자에게 비석의 특전을 내어주는 꼴이 된다.

안티홈에서는 세 개의 마법을 모두 익히느라 시간이 소모되었지만 그만큼 히든 클래스를 얻었으니 비석으로 얻을 혜택보다 더 많은 것을 얻었다 생각한다.

"너에게 순위를 내어주지 않겠다."

실수는 한 번만.

두 번은 없다.

무열은 그렇게 생각하며 입구에 서 있는 베네딕을 바라봤다.

"베네딕."

"네, 주인님."

"내가 명령한 일들, 하나도 빠짐없이 수행해서 트라멜로 전갈을 보내도록 해라."

"명심하겠습니다."

다른 마법사들은 몰라도 적어도 사서인 베네딕만큼은 안티홈의 주인이 된 무열에게 가장 확실한 조력자가 되었다. 그에게 있어서 그 어떤 것보다도 무열의 명령이 절대적이니까. 그런 이유로 무열은 오히려 자신의 권세 아래에 있는 동료들에게 시키지 못한 몇 가지의 임무를 그에게 맡겼다.

"좋아."

무열은 그의 대답에 고개를 끄덕였다.

이제 남은 한 곳.

그는 상아탑을 향해 발걸음을 옮겼다.

[어째서지?]

"뭐가?"

길을 걷던 도중 쿤겐의 물음에 무열이 가볍게 되물었다.

[다음 목적지가 분명 상아탑이라고 하지 않았더냐.]

"그랬지."

[그리고 분명 네가 말하길 그 탑은 북부 지역에서도 최북단인 빙결지대에 있다고 했고.]

"물론."

[…….]

무열은 쿤겐의 하고자 하는 말의 의도를 이미 알고 있는 듯 피식 웃었다.

"그런데 왜 이렇게 느긋하게 걸어가고 있느냐고?"

[알면서도 가만히 있기는. 고약한 녀석.]

확실히 그랬다.

쿤겐의 의아함은 당연한 것이었다. 안티홈 대도서관을 나온 무열은 일정 거리를 서펀트를 통해 날아가다 갑자기 초원 한복판에 내려서는 이렇게 계속 걸어가고 있었기 때문이다.

그 시간도 벌써 일주일.

대초원(大草原)이라고 불리는 모란 초원이었다. 그 규모도 상상할 수 없을 정도로 거대했지만 키를 훌쩍 넘는 갈대들 때문에 길이 만들어져 있음에도 걷는 것이 쉽지 않았다.

이런 곳을 도보로 횡단하는 것은 쿤겐의 생각에는 누구보다 시간을 철저하게 아끼는 무열이 할 행동이 아니었다.

게다가 걷는 속도도 빠르지 않다. 그러니 더더욱 쿤겐으로서는 이상할 수밖에.

"일단 가장 중요한 건 영혼력이라는 것에 조금 적응할 필요가 있어서다. 상아탑으로 빨리 가는 것도 중요하지만 갑작스럽게 너무 많은 힘을 얻게 되면 몸이 감당하지 못하니까."

무열은 갈대숲 아래에서 조심스럽게 손을 들어 올렸다.

우우우웅…….

그러자 그의 손목에 하나의 고리가 생성되었다.

지이잉……!!

그리고 약간 힘을 주자 손목에 생성된 고리가 갈라지며 두 개로 나뉘었다.

마력 정기(魔力精氣).

벤누의 호흡법을 통해 새롭게 얻은 스킬. 하지만 일주일 전과는 다르다.

"이것 봐. 비록 세 개의 고리가 아니라 합치지는 못하지만 이런 식으로 암흑력과 마력을 동시에 사용해도 반발력이 없어."

엑스 자로 교차되어 연결된 두 개의 마력 고리 중 하나는 푸른색이 아닌 검은색이었다.

"섬격을 제대로 컨트롤하지 못한 것은 내가 가진 마력과 암흑력의 절대량이 부족했기 때문이었어."

서걱-!!

콰가가가가각---!!!

무열이 고리를 만든 손목을 허공에 긋자 날카로운 예기가 앞으로 펼쳐지며 눈앞에 있던 갈대들이 순식간에 잘려 나갔다.

[차라리 이렇게 길을 만들어 가는 게 낫겠군.]

약간의 힘을 사용한 것뿐인데 수백 미터까지 잘려 나간 갈대들을 보며 쿤겐은 낮게 말했다.

"훗……."

무열은 그의 말에 가볍게 웃었다.

그가 이 일주일간 얻은 가장 큰 수확은 다름 아닌 섬격(殲擊)의 스킬화였다.

[섬격(殲擊)]
[관련 스킬 : 검술 & 마력 & 암흑력]

그동안 마력과 암흑력을 동시에 운용하는 것이 불안정했던 그였기 때문에 비록 섬격을 사용할 수 있었지만 스킬화하지 못했다.

하지만 나인 다르혼의 힘을 흡수한 뒤로 안정적인 발현이 가능했다.

'이걸로 확실해졌다. 스킬화를 하기 위해서는 정확한 자세뿐만 아니라 내가 그 기술을 안정적으로 할 수 있는 기반이 되어야 하는 거야.'

무열은 잘린 갈대를 바라봤다.

'강검술이나 비연검 같은 경우는 내가 발현이 가능한 능력이 있기 때문에 바로 된 것이고. 좋은 걸 알았다. 앞으로 스킬화를 할 때 도움이 될 거야.'

[설마, 너. 마지막 고리를 남겨둔 건…… 영혼력까지 세 개의 힘을 동시에 합칠 생각이냐.]

두 개의 마력 정기 고리를 보면서 쿤겐이 무열에게 물었다.

"일단 지금은."

[일단……?]

"이후에 정령력을 얻게 되면 네 개. 그리고 광휘력까지 하면 다섯 개. 그 이상으로 내가 알지 못하는 또 다른 힘이 있다면…… 그것까지 모두 다."

[허…… 좋다. 그렇다 쳐도 하지만 마력 정기는 세 번까지

중첩이 되지 않는다고 하지 않았나?]

무열은 쿤겐의 말에 가볍게 웃었다.

"그건 벤누의 경우고. 그 이상이 절대로 불가능하다고 누가 그랬지? 만약에 그렇다면 나는 마력 정기 이상의 스킬을 만들면 된다."

충분한 역량이 된다면 모든 것을 스킬화할 수 있는 세상이 바로 이 세븐 쓰론이니까.

무열은 오히려 이번 섬격(殲擊)을 통해서 더욱 자신감을 얻었다.

"물론. 아직 영혼력의 수치가 낮아서 시간이 걸리겠지만 불가능한 것은 아냐."

[너란 녀석은 정말 끝을 알 수가 없군.]

하나의 목표에 도달한 순간 이미 그다음과 다음다음까지 지칠 줄 모르고 나아가는 무열을 보며 쿤겐은 감탄을 금치 못했다.

[그래서 네 말은 훈련을 하기 위해 천천히 간다는 거냐? 하지만 그렇다면 굳이 이런 곳 말고 다른 곳에서 해도 괜찮잖아.]

"맞아."

순순히 자신의 말에 동의하는 무열의 모습에 쿤겐은 더욱 의아했다.

"뮤우……!"

무열은 허리를 굽혀 자신의 뒤를 따르는 아키의 턱을 쓰다 듬었다.

[설마 저 새끼 신수 때문에? 생긴 것과 달리 네가 생각하는 것 이상으로 저 녀석은 훨씬 강하다. 광휘력을 빌렸을 때만 해도 알잖아? 이미 성체라고 해도 될 정도라고.]

"설마 내가 그럴 거라고 생각해?"

[시간을 허투루 쓰는 놈이 아니란 걸 아니까 더 이상해서 묻는 거잖느냐.]

무열은 쿤겐을 놀리는 재미에 자꾸만 말을 돌렸다.

"그리 오래 걸리지 않을 거다. 하는 방법을 알고 있으니까."

[무엇을?]

"누구냐."

그때였다. 자신의 등 뒤에서 들려오는 목소리.

뿐만 아니라 날카로운 감촉은 단번에 그것이 화살촉이라는 걸 알고 있었다.

'왔군.'

무열은 천천히 두 팔을 들어 올렸다. 하지만 그의 입가엔 미소가 드리워져 있었다. 마치, 그가 나타나길 기다렸던 것처럼.

아니, 처음부터 자신에게 말을 건 상대가 누군지 알고 있었다.

'비궁족(飛弓族).'

대초원에 살고 있는 기마민족 중 하나.

그들은 태어날 때부터 카르곤을 타는 법을 배워 수족처럼 부렸다. 뿐만 아니라 활을 잘 쏘기로 유명하고 뛰어난 민첩성으로 종족 전쟁에서도 많은 활약을 했었다.

"나는 당신들과 교섭을 하길 원한다."

바로 이것이었다.

그가 이곳에 온 이유.

이미 트라멜에는 거점 상점이 열렸을 것이다.

'다들 어리둥절하겠지.'

유용한 아이템과 스킬들을 판매하지만 말도 안 되는 양의 마석을 요구하는 무인 상점. 무열은 트라멜에 돌아가기 전 교섭술을 익혀 사람들에게 알려주고자 했다.

'교섭술을 익히는 것은 어렵지 않다. 단지 몇 가지 조건만 수행하면 된다. 그러나 그 단계를 정확히 밟지 않으면 안 되지만 생산 스킬로 분류되기 때문에 꼭 마스터를 하지 않아도 전수해 줄 수 있다.'

처음 교섭술을 발견한 라캉 베자스는 이 스킬로 많은 이득을 보며 거상이라는 별명을 얻었다.

'42거점 때를 생각하면 어쩌면 그는 이미 교섭술을 익힌 것일지도 모르지.'

무열은 그를 떠올렸다.

'이래서 한시라도 긴장을 늦출 수가 없다니까.'

자신의 권세 아래에 있는 자들은 모두 내로라하는 능력자였으니까.

교섭술의 전제 조건, 그 첫 번째.

남부와 북부 두 곳에 있는 토착 부족과의 거래.

'다행히 남부는 5대 부족을 통합하는 과정에서 이미 조건을 충족했다. 남은 것은 북부.'

무열은 그 교섭술의 상대로 이들을 골랐다.

"교섭? 웃기지 마라. 이곳은 네놈이 올 곳이 아니다. 우리는 그 누구와도 교섭하지 않는다. 썩 꺼져."

'……?!'

예상치 못한 반응.

그 순간 무열은 이상함을 느꼈다.

비궁족의 활은 얇고 가볍다. 하지만 자신의 등 뒤에서 느껴지는 화살촉의 감촉은 무척이나 두꺼웠다.

무열은 고개를 돌렸다.

"……!!"

그 순간, 그의 눈동자가 가볍게 떨렸다.

쫘드드드득…….

무열의 배는 될 것 같은 우람한 팔이 있는 힘껏 활시위를 당겼다. 부러질 듯 거대한 활이 파르르 떨렸다. 팽팽하게 당겨진 시위만큼 팔뚝의 힘줄이 도드라졌다.

두꺼운 눈꺼풀 속에 매섭게 쳐다보는 눈동자. 짙은 눈썹이 날카롭게 꿈틀거렸다.

"어째서 당신이?"

그가 기억하는 비궁족(飛弓族)의 수장은 분명 카잘 무카리였다. 그는 누구보다도 외지인들과의 동맹을 원했으니까. 교섭을 하는 상대로도 최적이었다.

하지만, 그건 수년 후. 종족 전쟁이 시작되었던 시점이었다.

그 몇 년의 공백. 그동안 자신이 알지 못했던 일이 있는 게 틀림없었다.

무열은 남자를 바라보며 생각했다.

'이자가…… 설마 비궁족과 연관이 있을 줄이야.'

주위를 둘러보았다. 어느새 남자의 뒤로 십수 명의 사람이 함께 활을 겨누고 있었다.

"하, 하하……."

무열은 자신도 모르게 헛웃음을 짓고 말았다.

연결 고리는 분명 있다.

다름 아닌, '활(弓)'.

"정체를 밝혀라."

굵은 목소리가 무열을 향해 울렸다.

'이건…… 기회다.'

무열의 눈빛이 빛났다. 교섭술을 획득하기 위해 찾아온 초
원 마을에서 교섭술과는 비교도 할 수 없는 기회를 얻은 것일
지도 모른다.

자신이 의도하지 않은 기연.

물론, 지금 눈앞에 있는 이 남자의 마음을 움직여야 되겠
지만.

대륙삼궁(大陸三弓).

그중에서 가장 뛰어났던 남자.

강건우.

52장
대륙삼궁(大陸三弓)

　저벽, 저벅.

　발걸음 소리가 들렸다.

　[어머니, 보셨습니까. 강무열이 소울 이터(Soul Eater)의 직업을 얻었습니다. 세븐 쓰론에 저자보다 더 운이 좋은 사람이 있을까요.]

　무열이 사라진 방에서 들려오는 목소리.

　어둠 속에서 붉은 입술이 서서히 드러나며 그 안에 날카로운 이빨이 보였다.

　[당신의 뜻에 따라 수많은 강자에게 제의를 했지만 어머니께서 저자만큼은 지켜보라고 했던 이유를 알 것 같습니다. 그는 제가 내비친 제의보다 더 많은 것을 스스로 얻고 있으니까.]

디아고, 신의 대리자.

선혈 동굴에서 윤선미와 만났던 그는 동굴뿐만 아니라 지금은 오직 안티홈의 주인만이 들어올 수 있는 비밀의 장소에 아무렇지 않게 있었다.

[어머니께서 이번이야말로 단단히 벼르고 계신 것 같습니다. 어쩌면 동굴에서의 저의 실패도 예상하신 겁니까.]

디아고는 윤선미를 떠올리며 씁쓸한 표정을 지으며 입술을 깨물었다.

[내 제의를 받아들인 사람들과 내 제의를 거절한 사람들. 그리고…….]

무열이 나간 지하실의 문은 굳게 닫혀 있었다.

딱-

하지만 그가 손가락을 튕기자 단단히 잠겨 있던 문이 천천히 열리며 빛이 들어왔다.

[내가 제의조차 하지 못하게 금해놓은 사람까지.]

마치 맛있는 먹잇감을 상상하며 입맛을 다시는 사람처럼 혀로 입술을 핥았다.

[이번엔 누가 어머니의 칼이 될지 좀 더 지켜보겠습니다. 하지만…….]

그 순간, 그의 눈빛이 차갑게 변했다. 디아고는 천천히 고개를 들었다. 아무것도 보이지 않는 천장이었지만 그의 시선은 어쩐지 그 너머를 주시하고 있는 것 같았다. 상상도 할 수 없을 정도로 높은…… 그 어딘가를.

　[아시죠? 칼엔 눈이 없다는 거. 그리고 손잡이를 쥔 자가 진짜 주인이라는 것도.]

　그는 묘한 말을 남긴 채 서서히 어둠 속으로 다시 몸을 감추었다.

✦

　"강건우."

　"뭐지? 날 알고 있나? 대초원의 잔당은 모두 처리했을 텐데."

　무열을 바라보던 그는 무열이 자신의 이름을 부르자 놀람과 동시에 의아한 표정으로 되물었다.

　"물론, 잘 알고 있지."

　"네 녀석도 이 초원을 노리고 있는 놈이냐."

　강건우는 겨누고 있던 활을 더욱 팽팽하게 잡아당겼다.

　"한 가지 묻지. 지금 네가 비궁족의 족장인가."

　"그렇다면?"

　"거짓말."

　무열은 그의 대답을 듣자마자 망설이지 않고 말했다.

　"……뭐라고?"

"비궁족의 족장은 대대로 가전전승(家傳傳承). 무카리 가문이 살아 있는 한 절대로 외지인인 네가 족장이 될 수는 없다."

꿈틀.

무열의 말에 강건우의 눈썹이 크게 흔들렸다. 그 모습에 무열은 가볍게 웃었다.

"너는 단지 무카리 가문과 인연이 있는 정도겠지. 안 그래? 게다가 얼굴에 다 드러나는걸. 거짓말을 못하는 성격이군."

"네가 그걸 어떻게 알고 있지?"

"무카리 가문? 세븐 쓰론에서 살아가는 데 가장 중요한 게 뭔지 아나?"

무열은 자신의 인벤토리에서 지도를 꺼내었다. 그러고는 손바닥을 지도 위에 얹고 위로 끌어 올리자 지도는 입체 형태로 나타났다.

"……!!"

그 모습을 처음 보는 듯 강건우는 홀로그램처럼 생생하게 표시되는 지형을 보며 깜짝 놀랐다.

"지리와 정보."

"이건……."

"지도 제작이란 스킬이다. D랭크 이상이 되면 이렇게 지도를 보지 않고서 다른 이에게 정보를 공유할 수도 있지."

무열은 지도의 한 부분을 손가락으로 확대하자 너른 들판

이 나타났다. 그 상태로 조금 더 확대하자 초원이 눈앞에 있는 것처럼 갈대가 흔들리는 모습까지 선명하게 보였다.

"이게 우리가 있는 모란 초원이다. 대충…… 이쯤에 있겠군."

무열이 초원의 한 곳을 점으로 찍었다.

"그리고 여기가 비궁족의 마을이고 흠…… 아마 거기서 5㎞ 정도 떨어진 곳엔 투(鬪)족이 있겠군."

"……."

자신들의 위치를 정확히 집어내는 무열을 보며 강건우는 더욱더 경계를 하지 않을 수 없었다.

"네놈, 뭘 할 생각이냐."

그 순간, 무열은 자신이 들고 있던 지도를 말아 강건우의 앞에 건넸다.

"이 모든 걸 주겠다. 지리, 지형뿐만 아니라 지금 권세의 움직임까지."

강건우는 자신의 앞에 있는 지도에 자신도 모르게 눈길을 가져갔다.

"정보야말로 전투에서 승리하기 위한 필수적인 요소. 투족을 비롯해서 대초원에 살고 있는 라후, 리수 부족까지 모두 누르고 비궁족이 대초원의 주인이 되기 위해서 이것이 분명 필요할 것이다."

매력적인 제안.

그러나 무열은 노린 듯 조금 전 내밀었던 지도를 인벤토리 안으로 집어넣었다.

"물론, 그건 네가 아니라 비궁족의 수장과의 얘기겠지."

"당신…… 원하는 게 뭐지?"

무열은 강건우의 말투가 바뀌었다는 것을 눈치챘다.

"말했잖아. 비궁족과 교섭을 하고 싶다고."

마치 개화기 시대에 신문물을 처음 접한 사람처럼 강건우를 비롯한 비궁족의 궁수들은 놀라움에 아무런 말을 하지 못했다.

외지인이라 할지라도 경험해 보지 못하면 알 수 없었다.

'지도 제작에 대해서 완벽하게 모르는 것 같은데……. 그의 반응을 보니 비궁족의 외지인은 강건우 혼자일 가능성이 높겠어.'

상관없다. 생각지도 못하게 가장 얻고 싶은 것이 지금 눈앞에 있으니 말이다.

그들을 보며 무열은 생각했다.

이제 쐐기를 박을 때였다.

"트라멜의 영주로서."

그 쐐기란, 바로 자신의 정체.

"정식으로 비궁족과의 동맹을 제의하고자 한다."

"……!!!"

"······!!!"

그 한마디의 대한 대답은 굳이 물어보지 않아도 충분했다.

"트라멜이라면······ 그 신의 은총을 받은 성도(聖都)를 말씀하시는 것이 맞는지요."

"성도라고 말씀을 하시니 쑥스럽군요. 하지만 말씀하신 대로 신의 축복이 잠시 머물렀긴 합니다."

락슈무의 축복.

필요하다는 것은 인정하지만 그것을 은총이라고 생각하고 싶진 않았다. 애초에 자신들을 이런 구렁텅이로 빠뜨린 것이 신이었으니까.

"허허······."

비궁족의 족장, 스완 무카리는 무열을 바라보며 가볍게 자신의 턱을 쓸었다. 그리고 그의 뒤에는 강건우가 여전히 경계를 하며 무열을 지켜보고 있었다.

커다란 천막 안. 아니, 이 정도 규모를 단순히 천막이라고 불러도 될지 의문이 들 정도로 거대한 막사 안에는 수백 명이 함께 살고 있었다.

비궁족의 마을은 특이한 형태였다. 천장엔 커다랗게 구멍을 뚫어놓았는데 그 밖으로 기묘하게 생긴 비석들이 곳곳에 박혀 있었다.

또한, 마을을 통째로 천막 안에 만들어 놓은 것처럼 막사 안에 또 다른 작은 막사들로 나뉘어 있었다.

"이건, 주술의 일종입니까?"

"비슷합니다."

스완 무카리는 말을 아꼈다. 무열은 나풀거리는 천막의 천을 바라봤다.

'신기하군. 이런 대규모 은폐술이라니. 이건 진법보다도 더 광범위한 능력이군.'

모란 초원엔 나무가 없다. 비록 키만큼 커다란 갈대들이 자라나 있긴 했지만 그것으로는 숨을 수 있는 장소가 없다고 봐야 한다. 그리고 실제로 봐도 초원은 아무것도 없이 그저 갈대뿐이었다.

하지만 놀랍게도 아무것도 없는 공터처럼 보이는 곳에 비궁족의 마을이 있었다. 기묘하게 박혀 있는 비석과 마을을 둘러싼 천막이 꼭 마법처럼 그들의 존재를 감추고 있었다.

'신기루(蜃氣樓).'

그가 기억하기로 상아탑에는 이런 효과와 비슷한 마법이 있다.

'하지만 그건 일시적인 것뿐이야. 그렇다고 완벽하게 주술

만이라고 할 수도 없지. 게다가 저 비석은 쐐기의 역할을 하는 것이라면…….'

마법과 진법, 그리고 주술이 모두 합쳐진 것.

어쩌면 북부의 토착인이기 때문에 가능한 것일지 모른다.

주술을 배척하는 왕국은 오직 마법만을 특화시켰고 마법을 배척하는 남부 일대의 부족들은 오직 주술만을 전승했다.

하지만 북부에 있는 부족들은 마법이 존재하는 지역의 특성과 주술에 대한 거부감이 없는 부족성 때문에 그 어떤 곳보다도 특이한 형태의 기술이 만들어질 수 있었다.

'게다가 오직 북부에만 존재하는 진법이 더해졌고.'

무열은 비궁족의 마을을 본 순간 생각했다.

'단순히 이들의 궁술만을 기대했던 것뿐인데 의외로 얻을 수 있는 것이 많다. 이 정도 은폐술이라면 대규모의 인원을 장기간 매복시킬 수 있을 테니까. 전장을 우리 쪽으로 유리하게 끌어갈 수 있어.'

그의 머릿속은 빠르게 움직였다.

할 수 있는 모든 것을 활용하겠다는 생각. 전장에서 수년간을 살아왔기 때문에 할 수 있는 것이기도 했다.

"그래서……."

스완 무카리는 조심스럽게 말을 꺼냈다.

"트라멜의 영주께서 직접 이곳을 찾으신 이유가 무엇입니까. 저희와 교섭을 하고 싶다고 하셨는데."

"맞습니다."

처음에는 단순히 교섭술을 발현하기 위함이었다. 하지만
이들의 모습을 보고 무열은 마음이 바뀌었다.

'무슨 일이 있어도 이들을 얻어야겠다. 단순히 교섭의 대상
이 아닌…….'

무열은 스완 무카리를 바라보며 생각했다.

'나의 권세 아래로.'

탁.

그는 탁자에 손을 얹고서 족장에게 말했다.

"대초원을 가질 수 있도록 도와드리죠."

"……네?"

"이곳에 있는 나머지 세 개의 부족을 통합할 수 있도록 도
와드리겠다는 말입니다."

순간, 스완 무카리의 눈동자가 흔들렸다.

"지금 부족 간의 전쟁을 일으키라는 말씀입니까? 불가능합
니다. 초원에 사는 네 개의 부족은 서로를 견제하고 있기 때
문에 유지되는 것입니다. 누구 하나 잘못 움직인다면……."

"아니, 할 수 있다."

무열은 더 이상 존대를 하며 가볍게 얘기해서는 안 됨을 알
았다.

무겁게 내리깔리는 그의 목소리에 스완 무카리는 자신도 모르게 고개를 들었다.

"비궁족을 비롯하여 투족과 라후, 리수 부족까지 피를 흘리지 않고 통합할 수 있는 방법."

"……설마."

그의 말에 스완 무카리의 눈동자가 조금 전보다 더욱 흔들렸다.

무열은 이미 자신이 할 말을 그가 예상하고 있음을 알았다. 그렇기에 더욱 힘을 주어 말했다.

"반궁(叛弓), 게르발트."

"……!!!"

예상한 대로 스완 무카리의 놀란 반응.

'게르발트. 강건우를 이곳에서 만나지 않았더라면 사실 놓칠 뻔했던 무구다. 그래, 이것을 얻게 되면 단순히 비궁족과의 거래에 성공하는 것만이 아니다.'

대륙삼궁이라 불렸던 세 사람.

'율 하븐, 이치노 료우, 그리고 강건우.'

그중 종족 전쟁까지 살아남은 사람은 단 한 명. 이치노 료우뿐이었다.

그는 물론 뛰어난 SS랭커였지만 대륙삼궁 중에서는 능력으로 따지면 가장 하위였다.

하지만 이강호의 권세에 있었던 그는 다른 두 명을 제치고 궁 계열에 최고 무구라고 할 수 있는 게르발트의 주인이 되었다. 그와 동시에 그 무구를 성물(聖物)로 대초원의 부족들 역시 이강호의 권세로 자연스럽게 합류하는 결과를 낳았었다.

'그 과정에서 다른 두 사람이 목숨을 잃었다.'

무구를 얻기 위한 싸움에서 패배한 자들에게 남은 것은 결국 죽음뿐이니까.

'만약 내가 먼저 그들보다 먼저 반궁을 얻게 된다면…….'

무열은 족장의 뒤에 있는 강건우를 잠시 바라봤다.

'강건우를 내 아래에 두는 것을 포함해 대륙삼궁 모두를 살릴 수 있는 기회이기도 하다.'

그 셋이 이끄는 원거리부대라면 결코 엘븐하임의 엘프들에게도 밀리지 않는 힘을 얻을 수 있을 것이다.

'종족 전쟁을 대비해서 그들의 힘이 절실하다.'

무열은 스완 무카리에게 손을 내밀었다.

"비궁족의 족장이여."

고작 몇 마디 대화를 나눠본 것뿐임에도 불구하고 이미 무열에게서 흘러나오는 압도적인 아우라에 스완 무카리는 자신도 모르게 등줄기에 식은땀이 흐르는 것 같았다.

"나와 거래를 하지 않겠나?"

무열의 한마디. 그 순간, 기다렸다는 듯 그의 앞에 하나의 메시지창이 떠올랐다.

[퀘스트를 발견하였습니다.]

[퀘스트명 : 부러진 활]

[난이도 : A-S급]

[보상 : 불명]

[모란 대초원에 네 부족 중 하나인 비궁족과의 은밀한 거래. 세상에서 구하기 가장 어려운 털을 꼬아 특수한 방법으로 굳혀 만들어졌다고 불리는 활, 게르발트.

대초원의 부족들에게 성물(聖物)로 여겨지는 이 활을 찾기 위한 여정이 시작된다. 결코 쉽지 않으며 목숨까지 걸어야 할 정도로 위험한 일이나 성공한다면 그 보상 또한 상상할 수 없으리라.]

[퀘스트를 수락하시겠습니까?]

무열은 붉은 메시지창을 바라보며 신중한 표정으로 스완 무카리와 강건우를 바라봤다.

'역시…… 퀘스트로 이어지는 건가.'

무열이 죽기 전 과거에서 게르발트는 퀘스트가 아닌 대륙 삼궁 중 한 명인 이치노 료우에 의해 완성되었다.

'아마도 그 궁수 계열 중 최고라 칭해지는 세 사람에게 퀘스트가 주어진 것이겠지. 하지만 이렇게 내가 먼저 비궁족과의 거래를 제안함으로써 그들보다 먼저 내가 게르발트를 완성하는 퀘스트를 얻게 된 것이다.'

하지만 퀘스트의 난이도를 보았을 때 결코 쉬운 일이 아니라는 것을 알 수 있다.

'등급이 무려 A−S급.'

앞에 붙어 있는 A는 퀘스트를 수행하는 데에 있어서 필요한 최소 랭크이며 뒤에 붙은 A는 그 랭커가 수행했을 때 느끼는 체감 난이도였다.

즉.

'A랭커가 이 퀘스트를 받았을 때 느껴지는 최고 난이도의 퀘스트라는 것.'

무열은 이제 겨우 B랭크가 되었다.

'내가 지금 만약 이 퀘스트를 수행하려고 한다면 느껴지는 체감은 A 이상일지도 모른다.'

일반적으로는 현시점에서 거의 클리어가 불가능하다고 봐야 할 것이다.

하지만, 무열은 고민 없이 고개를 끄덕였다.

[퀘스트를 수락하였습니다.]

그가 이 퀘스트를 받아들일 수 있는 이유는 게르발트를 완성하는 방법을 무열이 알고 있었기 때문이다.

'게르발트의 주인이었던 이치노 료우가 바로 이강호의 권세에 있었기에 반궁의 재료인 털을 찾기 위해 모든 병사가 움직였었지.'

그리고 찾아냈다. 게르발트의 활대로 사용되는 털.

'동북부 서리고원의 주인.'

3대 위상 중 하나.

혼백랑(魂白狼), 로어브로크.

백색의 털을 가진 거대한 늑대인 녀석의 털을 꼬아 서리고원에 있는 대륙에서 가장 깊은 물웅덩이인 '얼음 심장'에서 얼리면 만들 수 있다.

'운이 좋게도 상아탑이 있는 곳도 북부 끝인 서리고원이다. 게르발트의 재료인 로어브로크가 다른 곳에 있었다면 고민을 했을지도 모르지만 같은 장소라면…….'

2차 전직과 교섭술뿐만 아니라 게르발트의 완성이라는 세 개의 일을 한 번에 끝낼 수 있는 절호의 기회가 아닐 수 없었다.

"정말…… 게르발트를 완성할 수 있다는 말씀이십니까."

비궁족의 족장 스완 무카리는 무열이 퀘스트를 수락하자 떨리는 목소리로 말했다.

"그렇다. 물론, 당신도 알다시피 반궁을 완성하는 것은 결코 쉬운 일이 아니다."

"그럴 것입니다……."

"하지만 그만큼 그것을 얻은 뒤에 이어지는 보상은 상상할 수 없을 정도겠지."

스완 무카리의 눈이 흔들렸다.

대초원의 주인.

비궁족의 염원이라고 해도 과언이 아닌 업적. 그것을 자신의 대에 이룰 수 있다면…….

족장으로서 그보다 더한 영광은 없을 것이 분명했다.

"내가 한 제의는 그 이후에 생각해도 좋다. 눈앞에 확실한 조건을 제시하지 않고 말로만 하는 건 나 역시 만족스럽지 못하니까."

스완 무카리는 처음부터 끝까지 당당한 무열의 태도에 놀라울 따름이었다.

'어떻게 저리도 아무렇지 않게 말할 수 있지?'

비궁족뿐만 아니라 대초원의 모든 부족이 몇 대를 걸쳐 성물을 복원시키려고 했지만 실패했다.

그 어려운 문제를 이토록 대범하게 받아들이는 무열의 모습에 스완 무카리는 처음으로 경외심이 느껴졌다.

'만약, 정말로 그가 게르발트를 완성한다면…….'

그것을 비록 자신에게 준다고 하더라도 결과적으로 진정한 대초원의 주인은 무열일 것이라는 것 인정하지 않을 수 없을 것이다.

'아니, 그래도 좋다. 게르발트를 완성할 정도의 담력과 능력을 지닌 자라면 평생을 함께해도.'

스완 무카리는 자신도 모르게 고양되는 감정을 간신히 추스르며 말했다.

"좋습니다. 트라멜의 영주께서 그렇게 말씀하시니 저희야말로 감사합니다. 말씀처럼 성물을 완성해 주시는 분과의 동맹이라면 기쁘게 받아들일 수 있을 겁니다."

무열은 그의 대답에 고개를 끄덕였다.

"단, 게르발트를 완성하기 위해서 필요한 것이 있다."

"그게 무엇입니까?"

무열은 천천히 손을 들어 올렸다.

"강건우, 당신."

"……!!"

자신을 지목한 손가락을 바라보며 그는 당혹감을 감추지 못했다.

"재료를 얻는다 하더라도 활을 완성시키기 위해서는 뛰어난 궁수가 필요하다."

무열은 손가락을 모두 펴고서 악수를 청하듯 손을 그에게 가져갔다.

"결코 쉬운 여정은 아닐 것이다. 하지만 비궁족이 대초원의 주인으로 서게 만들기 위해서는 너의 도움이 필요하다. 어떤가."

이것은 또 다른 도박이었다. 강건우를 얻기 위한.

무열은 천천히 그를 향해 말했다.

"나를 도와주겠나."

어스름이 낀 새벽녘.

히이이잉…….

말의 울음소리와 닮은 카르곤의 울음소리가 들렸다.

"라이딩 스킬은 거점 상점에서만 살 수 있다고 생각했는데 이런 식으로도 얻을 수 있군. 언제 익힌 거지?"

"비궁족과 만난 게 넉 달 전이었으니 이제 두 달 정도 되었습니다. 배우는 게 느려서 이제야 조금 익숙해졌네요."

자신의 카르곤을 돌보는 강건우는 정성껏 털을 쓰다듬으며 대답했다.

"두 달이라……. 어쩌면 대륙에서 최초로 라이딩 스킬을 습득한 걸지도 모르겠는데?"

"뭐…… 최초인지는 모르겠지만, 초원에서 가끔 만난 외지인은 모두 카르곤을 타지 못하더군요. 이상하게도 이론적으로는 이해하지만 몸이 따라주지 않는 것처럼."

"맞아, 어쩐 일인지 다른 능력들은 제약이 없는데 라이딩만큼은 스킬이 없으면 불가능하지. 고약한 신이 만들어 놓은 규칙이겠지만."

무열은 어렴풋이 생각했던 자신의 예상이 맞을지도 모른다는 느낌을 받았다.

'스킬로 배워야 하는 능력들도 일정한 조건에 의해서 토착인들에게 습득하게 된다면 제약 없이 배울 수 있을지도 모른다는 생각.'

필립 로엔의 흑참을 비롯해서 강건우의 라이딩까지.

'붉은 부족을 통합한 알라이즈 크리드나 용의 여왕이라 불렸던 정민지는 세븐 쓰론의 토착인들을 통해 특수한 능력을 얻었지.'

규율로 만들어진 시스템에서 벗어날 수 있는 방법.

점차 더 확신이 생겼다.

'우리 외지인뿐만 아니라 토착인의 힘이 열쇠가 될 수 있다.'

무열은 그렇게 생각하며 강건우에게 말했다.

"카르곤이 있다고 하더라도 서리고원까지 가는 길은 결코 쉬운 일이 아니다. 목숨을 잃을지도 몰라. 그런데도 선뜻 제안을 받아들인 건 비궁족과의 인연 때문이겠지."

"……."

강건우는 그의 말에도 아무런 대답을 하지 않고 묵묵히 카르곤의 고삐를 확인할 뿐이었다.

"나는 대초원의 부족들의 힘이 필요하다. 네가 그 다리가 되어주었으면 하기에 제안을 했다."

"너의 손을 들어주길 바라는 대신 그 대가로 반궁을 주겠다고 한 겁니까?"

반궁(叛弓), 게르발트.

"글쎄, 확실히 탐이 나는 물건이지. 그리고 정말 원했다면 내 권세 안의 다른 궁수를 대동했을지도 모른다."

"그런데?"

"너 정도 되는 사내여야만 가능하기 때문이다."

"……."

"서리고원까지의 여정. 나는 널 도와주지 못한다. 오직 자신의 힘으로 그곳에 도달해야 한다."

그것이 게르발트를 완성하는 데 필요한 전제 조건.

자신의 제안을 듣고서도 강건우는 거절하지 않았다.

"한마디 하지."

그 순간, 강건우의 말투가 바뀌었다. 다부진 체격과 서글서글해 보이는 얼굴과 달리 그의 눈빛은 날카로웠다.

"전에 당신과 비슷한 얘기를 한 사람이 있었다. 자신이 권좌에 오르겠다고. 그리고 모두가 돌아갈 수 있도록 하겠다고."

"……."

이번엔 무열이 침묵할 차례였다. 그의 눈동자에서 뿜어져 나오는 분노가 느껴졌기 때문이다.

"그 말을 믿고 우리는 함께 거점을 만들고 싸웠다. 하지만 부상을 입고 더 이상 쓸모가 없어진 나를 그는 이 초원에 버렸다."

그의 어깨에서부터 쇄골까지 나 있는 상처.

'이제 겨우 세븐 쓰론이 열린 지 1년. 기껏해야 붕대법 정도로 저 상처를 치유할 수는 없었겠지.'

무열은 그의 상처를 생각했다.

"그런 나를 구해준 것이 비궁족이다. 그리고 더 나아가 가족처럼 나에게 궁술까지 가르쳐 주었지."

"그것에 대한 보답인가."

"아니."

강건우는 고개를 저었다.

"보답과 대가의 문제가 아니다. 목숨을 잃을 뻔한 사람에게는 말이야. 비궁족에게 해를 끼치는 일을 한다면 가만두지 않는다. 그런 자인지 아닌지를 판단하기 위해 내가 가는 것일 뿐이다."

"훗……."

무열은 그의 말에 가볍게 웃었다. 지금까지 조심스러웠던 것이 마치 족장과 부족원들이 있기 때문이었던 것처럼 그의 말은 시원시원했다.

"좋다."

탁.

"늦지 마라. 상아탑을 지나 네가 오기 전에 서리고원 입구에 있을 테니. 죽지 말고 살아서 와라."

"훗……."

그의 손가락이 날카롭게 튕기자 초원에 맹렬한 바람이 휘몰아쳤다.

[크르르르르르……!!!]

플레임 서펀트가 상공에서 모습을 드러내자 강건우는 놀란 표정으로 입을 다물지 못했다. 자신의 카르곤과는 비교도 할 수 없는 크기. 게다가 다가가기도 힘든 열기 속에 아무렇지 않게 무열은 플레임 서펀트의 머리 위로 가볍게 올라섰다.

"그리고 안톤 일리야를 따르지 않은 것이야말로 탁월한 선택이었다."

"……!!!"

말한 적이 없는데 무열의 입에서 그 이름이 나오자 강건우는 놀라움을 감추지 못했다.

"녀석은 절대로 권좌에 오르지 못한다."

너무나도 당당한 태도.

하지만 단지 말로만 해서 믿음이 가지 않을 터. 무열은 쓸데없는 사족을 더 이상 붙이지 않았다. 대신, 플레임 서펀트의 머리를 발로 가볍게 쳤다.

[크르르르르---!!!]

머리 위에서 자신을 내려다보는 무열의 모습에 강건우는 자신도 모르는 묘한 떨림이 느껴졌다. 상공으로 날아오르는 무열의 목소리가 그의 귓가에 들렸다.

"서리고원에서 기다리겠다."

#

"후우……."

새하얀 입김이 흘러나왔다. 길게 늘어 있는 발자국의 끝이 향하는 곳엔 사람이 살 수 없을 것 같은 맹렬한 눈보라가 휘몰아치고 있었다.

"지체할 시간이 없으니 조금 빠르게 가 볼까."

무열은 자신의 얼굴을 때리는 차가운 눈을 손등으로 쓸어 넘기며 꼭대기에 있는 상아탑을 바라봤다.

[뭐 다른 계획이라도 있는 거냐.]

쿤겐의 말에 무열은 탑의 앞에 서 있는 두 명의 마법사를 향해 성큼성큼 다가갔다.

"누구냐."

"외지인? 그렇군. 시험에 도전할 것이라면 이곳이 아닌 저 뒤의 입구로 가면 된다."

두꺼운 로브로 꽁꽁 몸을 감싼 두 마법사는 경계하듯 무열을 향해 말했다.

"좀 추운데, 로브를 좀 빌릴까?"

"……뭐?"

무열은 말을 마치자마자 문 앞에서 보초를 서던 두 남자 중 한 명의 로브를 잡아당겼다.

화악-!!

남자는 무열의 힘에 압도되어 맥도 못 추고 앞으로 고꾸라졌다.

"이놈!!!"

로브를 걸치는 순간, 그 옆에 있던 다른 보초가 다급히 자신의 검을 뽑았다. 하지만 그보다 한발 앞서 무열이 보초의 손목을 있는 힘껏 부여잡았다. 그리고 손목이 잡힌 순간, 남자는 자신의 마력이 순식간에 빠져나가는 것을 느꼈다.

"커헉?!"

무열이 손을 놓자 검은 자국이 남자의 손목에 정확히 새겨졌다.

"도전하러 온 것이 아니다."

자신이 감당할 수 없는 상대라는 것을 직감했다. 순식간에 사라진 마력을 떠올리며 남자는 두려운 듯 아무런 말도 하지 못했다.

"저 꼭대기에 있을 녀석에게 전하라."

그저, 무열의 말을 들을 뿐이다.

"트라멜의 영주가 상아탑을 받으러 왔다."

53장
여명회

철컥.

끼이이이이익.

상아탑의 거대한 문이 열리자 무열은 그 안으로 성큼성큼 걸어 들어갔다. 탑 안의 모습은 상상 이상이었다.

횃불 대신 마석으로 만든 불빛들이 탑 정상으로 오르는 나선 계단 주위를 밝히고 있었고, 딱히 불을 피우는 난로가 보이지 않음에도 불구하고 탑 안은 봄날처럼 따뜻했다.

"값비싼 것들뿐이로군."

무열은 탑의 계단에 장식되어 있는 각각의 세공들을 보며 나지막하게 말했다.

츠으으으으으……

나선의 계단 아래로 푸른빛을 뿜어내는 거대한 웅덩이가

하나 있었다. 특이하게도 여명회를 상징하는 구름무늬의 장식에서 떨어지는 물과 반대로 웅덩이에서 분수처럼 솟구치는 물이 만나 상공에서 물방울들이 튀어 웅덩이 안으로 들어가고 있었다.

"……."

무열은 천천히 그곳으로 다가갔다. 그리고는 두 물줄기 사이에 손을 집어넣으려는 순간.

"조심하는 게 좋아. 마력 우물에 손을 가져갔다가 자칫 잘못하면 오히려 마력을 빼앗길 테니까."

굵직한 남자의 목소리가 들렸다. 하지만 그의 경고에도 불구하고 무열은 아무렇지 않게 우물 안으로 손을 집어넣었다.

우우우우웅…….

작은 떨림은 점차 더욱 큰 파문을 일으켰고 양쪽으로 쏟아지던 물줄기가 마치 얼어붙은 것처럼 굳어버렸다.

"허……."

그 광경을 보며 나선 계단 위에 있던 남자는 자신도 모르게 작은 탄성을 질렀다.

"마력을 빼앗는다는 건 이런 걸 가리켜서 하는 말이지."

푸른빛을 띠고 있던 우물의 물이 순간 투명하게 변했다. 그와 동시에 무열의 손바닥에는 충만한 빛을 뿜어내는 푸른 구체 하나가 만들어졌다.

"마력 추출……. 사라진 마법을 실제로 보게 될 줄이야. 정말로 트라멜의 영주가 안티홈의 주인이 되었다는 말이 사실이었군."

남자는 계단에서 내려와 무열을 맞이했다. 서리고원의 눈처럼 새하얀 로브의 가슴에는 구름무늬가 그려져 있었다.

"당신이로군. 상아탑의 주인이자 여명회의 수장."

회색의 눈썹이 두툼하게 자라나 있는 남자는 그 특유의 머리색 때문에 중년 이상으로 보였지만 자세히 살펴보면 매끈한 피부와 윤기 나는 입술은 그가 젊다는 것을 보여주는 증거였다.

무열은 마법사라는 직업의 흰 로브와 어울리지 않는 허리에 달린 날카로운 검을 바라보며 말했다.

"아티스 카레쉬."

남자는 자신의 이름을 정확히 부르는 무열을 흥미롭게 쳐다봤다.

"그것도 안티홈에서 얻은 지식인가? 외부에 나의 이름이 알려지지 않았을 텐데."

"글쎄. 궁금한가?"

"훗…… 역시 속세의 사람이라 그런지 뭐든지 거래를 하려고 하는군."

아티스는 무열의 말에 지지 않는다는 표정으로 말했다.

"난 너희들과 다르다."

"그래?"

속세를 떠나 오직 마법만을 추구하는 자들이 모여 있는 여명회. 그렇기 때문에 이곳에 소속되어 있는 마법사는 스스로에 대한 자부심이 대단했다. 그 정점에 서 있는 자라면 굳이 설명할 필요도 없을 것이다.

하지만, 무열은 아티스 카레쉬의 고고한 태도를 비웃듯 물었다.

"그게 네 목숨과 관련되어 있어도?"

"……."

그 한마디에 전세는 단번에 역전되었다. 여전히 포커페이스를 유지하고 있지만 무열은 아티스가 당황해하고 있음을 알았다.

"마력이 흔들리는 게 눈에 훤히 보이는군. 마법사에게 있어서 가장 중요한 것은 평정심이라고 배웠을 텐데. 안 그래?"

안티훔을 공략하고 도서관의 주인이 된 이후 무열은 부쩍 마력을 감지하는 힘이 강해졌다. 비록 비석에 이름을 올리는 위업은 놓쳤지만 그 대신 세 개의 마법을 익히는 동안 투자한 시간 덕분에 마력을 운용하는 스킬에 있어서 누구보다 더 능숙해졌다.

뿐만 아니라 그가 배운 마지막 마법, '우월한 눈'.

그 마법을 익힘과 동시에 그의 마력 감지는 비약적으로 상승하였다.

아티스는 무열의 말에 콧방귀를 뀌며 아무렇지 않은 척 말했다.

"내 목숨이라니, 농담이 지나치군."

"글쎄. 궁금한가?"

똑같은 질문.

토씨 하나 틀리지 않게 말했지만 더 이상 아티스는 무열의 말을 무시할 수 없었다.

"데인 페틴슨이란 자가 이곳을 다녀갔을 것이다. 아마 여명회의 마법사로 등록되었겠지."

"그런데?"

"내가 해줄 수 있는 얘기는 거기까지."

순간.

무열의 말에 아티스 카레쉬의 얼굴이 드디어 포커페이스를 유지하지 못하고 구겨졌다.

'고민해라. 더욱더. 세기의 대마법사조차 자신의 죽음만큼은 비껴갈 수 없으니까. 무척이나 혼란스러울 것이다.'

그의 반응에 무열은 고개를 끄덕였다.

데인 페틴슨.

확실히 그런 이름을 가진 자가 여명회에 있다.

이제 막 새로 들어온 신입 마법사.

아티스 카레쉬의 눈엔 아직 햇병아리에 불과한 그였지만 문제는 그의 능력이 아니다. 그가 자신을 죽일 사람인지, 아니면 반대로 자신을 살릴 사람인지 무열은 아무런 말도 하지 않았다.

죽여야 하는가, 아니면 반대로 살려야 하는가.

"원하는 것이 있다면 그에 상응하는 대가를 치러야겠지. 등가교환(等價交換). 마법학의 기초 중의 기초잖아?"

"……."

아티스의 머릿속이 갑자기 복잡했다. 그중에서도 그를 혼란스럽게 만드는 가장 큰 이유는 바로 자신의 이름뿐만 아니라 데인 페틴슨의 이름까지 어떻게 무열이 알고 있는가였다.

"흐음."

무열은 그의 속마음을 눈치챈 듯 준비했던 다음 수를 보였다.

스ㅇㅇㅇㅇ읔.

스ㅇㅇ읔.

그가 손을 뻗자 아티스의 주변으로 희끄무레한 뭔가가 맴돌다가 사라졌다. 보통의 사람이라면 단지 그저 연기가 잠시 흩어진 것으로만 생각할지 모른다.

"너라면 이게 뭔지 알겠지."

"설마……."

하지만 그 모습을 본 순간, 아티스의 눈동자가 더욱더 심하게 흔들렸다. 마력을 가진 자만이 느낄 수 있을 정도로 옅고 흐릿했지만 확실히 그건 사람의 형상이었다.

그는 낮은 목소리로 중얼거렸다.

"영혼력……."

무열은 그 대답에 고개를 끄덕였다.

"조금 전 보초들의 것이다. 걱정 마라. 심하게 다루진 않았다. 며칠 동안 앓겠지만 목숨을 건진 대가로 그 정도면 충분하겠지."

"당신…… 7인의 원로회와도 연이 닿아 있다는 말인가."

영혼력. 그건 마법의 영역도 주술의 영역도 아니다.

영혼이란 모든 사람이 가지고 있는 것이다. 하지만 특히나 마법의 길을 걷는 이들에겐 영적인 힘이 가지는 의미란 특별하다.

'사념이란 마력을 더욱 강하게 만들어준다. 그렇기 때문에 종종 흑마법을 익힌 자 중 자신의 몸을 리치(Lich)로 만드는 경우가 있지. 그렇게 육체에 대한 구속을 버림으로써 더 강력한 마력을 얻을 수 있으니까.'

하지만 영혼력을 다루는 것은 절대로 쉬운 일이 아니다.

아티스는 자신이 알고 있는 한 이 영혼력을 다루는 마법사는 딱 한 명뿐이었다.

"웰 바하르."

그는 무열을 바라봤다. 표정 하나 변하지 않는 모습에 아티스의 머릿속은 복잡해졌다.

'저자가 웰 바하르의 마법을 익혔다?'

순간, 등골이 오싹해지는 기분이었다.

불안감.

혹여나 들킨 것이 아닐까.

"설마…… 당신, 7인의 원로회에서 온 건가."

"왜? 켕기는 것이라도 있나."

"하, 하하……. 그럴 리가. 우리 상아탑은 언제나 원로회의 뜻을 가장 중요시 생각한다. 하긴, 그들이 직접 오는 것도 아니고 이런 수하를 부린다는 이야기는 못 들었으니까."

"그래?"

무열은 마치 뭔가를 알고 있는 듯 입꼬리를 올렸다.

"다시 한번 말하지. 내가 널 살려주마. 이미 내가 아니었다면 한 번 죽었을지도 모르겠군."

"흥, 무슨 말인지……. 도대체 내가 어떤 위협을 받는다는 말이지?"

"물론 지금은 모르겠지. 앞으로 2년 뒤에 일어날 일이니까."

"……."

무열은 처음 이곳에 오면서 고민했다. 과연 자신이 알고 있는 이 사실을 그에게 말을 해야 할지 말아야 할지.

이미 과거가 달라졌던 것처럼 앞으로 일어날 미래도 자신이 겪은 것과 다를 수 있다. 섣부른 행동이 일을 더 그르칠 수도 있다는 걱정이 들었지만 아티스 카레쉬는 평범한 사람이 아니다.

마법의 길을 걷는 사람.

"2년 뒤."

그렇기 때문에 받아들일 수 있을 것이다.

"너는 원로회에게 죽는다."

자신의 죽음을.

"그리고 네 자리를 이어 데인 페틴슨이 상아탑의 주인이 된다."

"뭐? 그 애송이가? 어째서. 설마…… 그놈이 나를 배반하고 원로회 쪽에 붙기라도 하는가?"

"아닐 수도 있고 맞을 수도 있지."

"그게 무슨……."

무열은 말을 아꼈다.

"하지만 네가 나와 함께한다면 죽음이 아닌 그 이상의 것을 얻게 될 것이다."

"그게…… 뭐지?"

무열은 당혹스러워하는 아티스 카레쉬의 얼굴을 바라보며

마지막 한마디를 말했다.

"네가 바라 마지않는 염원이지. 바로 지금까지 준비해 왔던 계획 말이야."

꿀꺽.

이런 기분이 든 게 얼마 만일까.

수십 년을 상아탑에서 살아온 아티스 카레쉬는 수많은 세상의 이치를 통달하고 마법의 극에 도달한 대마법사임에도 불구하고 처음으로 무열의 말에 긴장을 했다.

"원로회의 수장 자리."

"······!!!"

아티스 카레쉬의 눈썹이 꿈틀거렸다.

"그걸 너에게 맡기겠다."

"그 말은······."

감히 입에 담을 생각조차 못 한 말. 아니, 알고 있다.

"내가 7인의 원로회를 멸(滅)한다."

상아탑의 주인이자 여명회의 수장인 아티스 카레쉬가 비밀리에 준비하고 있었던 계획.

극비라고 생각되지만 무열에게 이 계획은 절대로 잊을 수 없는 사건이다. 아니, 무열뿐만 아니라 대륙에 살았던 모든 이에게 알려질 수밖에 없었다. 사실상 이 일이 여명회와 불멸회가 처음으로 손을 잡은 계기였으니까.

7인의 원로회를 붕괴시키려는 것.

무열은 로안의 기록서와 나인 다르혼을 만나고서 확신했다. 어째서 두 마법회가 손을 잡고 원로회와 격돌을 했는지 말이다.

'고인 물은 썩게 마련이지.'

하지만 동시에 이 일로 하여금 두 마법회의 분열로 일어난 전쟁에서 폴세티아가 발동하여 대륙의 일부가 완전히 날아가게 되기도 했다.

'나인 다르혼과 아티스 카레쉬는 비록 적대 관계였지만 원로회라는 공통된 적을 두고 하나로 뭉쳤다. 하지만 그사이에 일어난 사건들로 인해 결국 분열하고 자멸했다.'

무열은 그를 바라봤다.

'만약…… 그 분열을 일으키지 않고 내가 나인 다르혼 대신 여명회의 힘을 이용해서 7인의 원로회에게 대적한다면.'

처음에는 원로회를 자신의 것으로 만들까라는 고민도 했다. 하지만 상아탑과 안티훔 대도서관이 만들어지기 이전, 태초부터 존재했다고 알려질 정도로 오래된 늙은이들의 머릿속을 다루는 것은 결코 쉬운 일이 아니다.

나인 다르혼의 사지가 조각조각으로 나뉘어 봉인된 이유도, 대륙 최고의 마법사 중 하나인 아티스 카레쉬가 이토록 비밀리에 준비하고 있는 이유도…… 모두 같다.

"정말…… 가능하다고 생각하는 거냐. 당신이 아무리 트라멜의 영주라고는 하지만 머릿수로 어떻게 해볼 수 있는 일이 아니다."

"나는 지금 트라멜의 영주가 아닌 안티홈의 주인으로서 너에게 말하는 거다."

승산은 있다.

절대로 무열은 허투루 말하지 않는다.

그 이유.

원로회가 두려워했던 나인 다르혼의 위대한 마법은 비록 봉인되어 있지만 그가 가진 마력과 암흑력은 지금 자신이 가지고 있다. 뿐만 아니라 원로회 중 한 명인 웰 바하르가 죽기 전 남긴 소울 이터의 힘마저 그의 것이 아니던가.

그리고 마지막으로 그들과의 격전에서 필요한 것이 있다.

무열이 온 이유.

"상아탑에 있는 마법검(魔法劍)."

"……!!!"

"얼음발톱(Freezing Talon)."

순간, 아티스는 무의식적으로 자신의 허리에 달린 푸른색 검에 손을 얹었다.

"하, 하하…… 이봐, 너. 그게 무슨 의미인지 알 텐데?"

그러고는 어처구니없다는 표정으로 무열을 향해 말했다.

"나는 단 한 번도 동맹을 맺자고 말하지 않았다."

상아탑에 들어왔던 처음부터, 그리고 지금까지.

시시각각 표정이 변하는 그와는 달리 무열은 단 한 번도 변하지 않고 똑같은 모습으로 말했다.

"내 밑으로 들어와라."

"뮤우."

적막이 흐르는 상아탑.

아키의 울음소리만이 숨 막힐 듯한 이곳에서 들릴 뿐이었다.

"미친놈."

아티스 카레쉬는 결국 헛웃음을 터뜨리며 고개를 절레절레 저었다.

"흥미로운 말을 하기에 혹시나 했는데 단순히 정신 나간 녀석에 불과했어."

"어째서?"

"너는 감히 서리고원의 상아탑을 뭐라고 생각하는 거지? 그 누구도 이 땅에서 여명회를 두렵게 한 존재는 없다."

그는 자신의 허리춤에서 검을 뽑았다.

날에서 느껴지는 한기.

검집에서 뽑힌 검날에 닿는 공기마저 얼어붙을 것 같은 기세였다.

[검에서 에테랄의 기운이 느껴진다. 어째서지?]

쿤겐은 낮게 으르렁거리듯 물었다.

인간을 도와 신에 맞섰던 자신을 가두었던 4대 원소 정령왕 중의 하나, 해일의 여왕 에테랄.

"맞아. 4대 정령왕 중 하나가 바로 저 검에 봉인되어 있으니까."

[……뭐?]

쿤겐은 상아탑의 마법검(魔法劍) 얼음발톱(Freezing Talon)에서 느껴지는 기운을 감지하며 이상하다는 생각을 했다.

[믿을 수 없군. 하지만 분명 그 여자의 기운이 맞는데……. 그녀의 힘이 수속성이라지만 어찌 이리도 차갑게 변했지?]

무열은 쿤겐의 말에 낮게 웃으며 말했다.

"글쎄, 믿었던 신에게 배신당한 여왕의 마음일지도."

[흥, 어울리지도 않게 오글거리는 소리를 하고 있구나.]

"그런가?"

멋쩍은 듯 입꼬리를 올리는 무열.

하지만 그의 말이 전혀 틀린 말도 아니었다.

"믿기 어렵겠지만 사실 지금 봉인되어 있는 건 너 혼자만이 아니다. 지금 세븐 쓰론에 자신의 힘을 온전히 발현하는 정령왕은 단 두 명뿐이니까."

2대 광야(光夜), 빛의 라시스와 어둠의 두아트.

"4대 정령왕은 지금 모두 봉인되어 있다."

무열의 말에 쿤겐은 믿을 수 없다는 목소리로 되물었다.

[어째서……? 그들은 누구보다도 신을 받들었는데.]

"나야 모르지. 내가 이곳에 왔을 땐 이미 봉인되어 있는 상태였으니까."

세븐 쓰론에는 분명 정령왕이 봉인되어 있는 무구가 존재했다. 그 강력한 힘은 최상급 무구와 견주어도 될 만큼 대단한 것들이라 권좌를 다투던 강자들 역시 한때 그것을 노렸었다.

가장 잘 알려진 것은 지금 무열이 있는 상아탑의 얼음발톱(Freezing Talon).

하지만 종족 전쟁 이전까지 중립을 지키고 절대로 넘볼 수 없는 불가침과 같은 영역이었던 여명회의 물건을 빼앗을 만큼 담력이 좋은 사람은 없었다.

얼음발톱을 제외한 세 자루의 정령 무구 중 인간군에 모습을 드러낸 것은 두 자루였다.

폭염왕 라미느의 힘을 봉인한 차크람.

'불타는 징벌(Flame Punish)'

그리고 광풍 사미아드의 힘을 봉인한 지팡이.

'무한의 숨결(Infinite breath)'

하지만 그 두 개의 무구조차도 대륙에서 발견된 것은 단 하나뿐.

이강호의 두 번째 제자, 맹호(猛虎) 김호성.

그가 검은 영혼의 둥지에서 불타는 징벌을 찾아 최초로 정령 무구를 사용한 정령술사였다.

즉, 종족 전쟁에서 타 차원의 적들을 맞서 인류가 사용했던 정령 무기는 상아탑의 얼음발톱과 함께 고작 두 개뿐이었다.

한 가지 의문이 들었다.

무열에겐 아직 정령력이 없지만 그의 뇌격과 뇌전에는 쿤겐의 힘이 봉인되어 있다. 또, 무열은 전생에서 봉인에서 풀린 쿤겐의 힘을 경험했었다. 절명의 절벽에서 균열의 번개를 사용했던 그 자리에서 수천 명을 몰살시킨 그 힘을.

비록 정령 무구가 강력한 힘을 가지고는 있다지만 본디 정령왕의 힘에 비한다면 보잘것없다. 그러나 돌이켜 보면 무열 자신이 겪었던 전생에서 그 누구도 정령왕의 힘을 사용하지 않았다는 것을 알 수 있었다.

분명 정령술사들이 존재했음에도 불구하고 종족 전쟁이 일어나기 전 15년 동안 상위 정령을 다룬 사람은 고작 세 명뿐이었으니까.

과연, 그들은 단순히 능력 부족이었을까?

아니다. 지금에서야 알 것 같다. 아티스 카레쉬가 얼음발톱을 들고 서 있는 모습을 보고 나니까.

'잃고 싶지 않은 거지, 개인의 힘을.'

그것은 욕망. 그리고 다른 한편으로 이어지는 두려움.

봉인된 정령왕의 힘을 푼다면 더 강한 힘을 얻을 수도 있다. 하지만 그 반대로 봉인을 풀었을 때 정령왕이 그 주인을 살해할 확률도 있다.

막대한 힘에 대한 갈증은 있지만 그보다 더 두려운 것이 정령왕에 대한 공포였다. 그렇기 때문에 그 누구도 정령 무구에서 정령왕의 봉인을 풀 엄두를 내지 못했다.

그렇기 때문이었다.

쿤겐은 무열을 처음 봤을 때 이상한 사람이라고 말했다.

'확실히 그럴지도.'

자신과의 전투를 겪고 나서도 그는 자신뿐만 아니라 모든 정령왕의 힘을 얻겠다고 했으니까. 용기가 있는 것인지 아니면 무감각한 것인지 판단이 되지 않는다. 인간으로서는 도무지 상상할 수 없는 행동이니까.

하지만 죽음을 경험해 본 무열이기 때문에, 인류가 전멸하는 것을 목격한 무열이기 때문에 깨달을 수 있는 정의였다.

"너도 결국은 얼음발톱을 탐하기 위한 것이었나."

우우우웅…….

아티스의 말에 마법검이 날카롭게 울었다. 그의 마력이 주입되자 서슬 퍼런 검기가 솟구쳤다.

"절대로 네놈에게 줄 수 없다."

여명회의 마법사들은 불멸회와는 또 다른 방식으로 마법을 추구한다.

이들의 마법은 대부분 보호 계열이며 수비적이다. 하지만 그 이유가 단순히 여명회가 공격성이 없는 마법을 찬양하기 때문이 아니다.

그들은 마법으로 자신을 보호하고 검술로 적을 격멸하는 대륙 유일무이한 전투 마법사(戰鬪魔法師).

서걱.

로브 속에 가려진 아티스 카레쉬의 육체는 전사의 것에 버금갈 정도로 탄탄했다. 자세를 취하는 그의 모습 역시 오랜 전투를 경험한 베테랑처럼 보였다.

검날이 푸르게 빛났다가 다시 짙은 녹색으로 변했다. 마력의 종류에 따라 검날의 색이 시시각각으로 변한다.

여명회 마도검술, 백색기검(百色氣劍)

무열은 그 모습에 피식 웃었다.

"뭐지? 검술로 지금 나와 싸우기라도 하겠다는 거냐."

투기 가득한 그의 모습을 바라보며 무열은 낮은 한숨을 내쉬었다.

"마도의 끝에 도달한 상아탑의 주인이 고작 무구 하나에 이렇게 열을 올리다니."

촤아악-!!!

그 순간, 무열은 보이지 않는 속도로 뇌격과 뇌전을 뽑아 있는 힘껏 그었다.

서걱.

아티스의 머리카락이 잠시 흔들렸다. 상아탑 벽에 커다란 검흔이 박히며 책장의 책들이 우수수 떨어졌다.

반응조차 하지 못했다.

"아직 멀었군."

무열은 그대로 굳어버린 아티스를 바라보며 말했다.

"네가 말했지? 서리고원에서 그 누구도 여명회를 두렵게 한 존재는 없다고."

"……."

무열은 아티스의 대답에 가볍게 입꼬리를 올렸다.

"아닐 텐데."

"……뭐?"

그는 천천히 손가락을 들어 얼음발톱을 가리켰다.

"너를 이겨 무구를 빼앗는 것은 쉬운 일이다. 하지만 내가 필요한 건 단순히 마법검만이 아니다. 아티스 카레쉬의 힘도 내 계획에 포함되어 있다."

"······."

"내가 분명히 말했을 텐데."

검을 가리켰던 손가락을 천천히 올렸다. 아티스는 자신을 가리키는 무열의 손가락을 주시했다.

"내 밑으로 들어오라고. 상아탑의 마법사 중 아무도 못 한 업적을 내가 이루겠다. 두 눈으로 봐라. 나의 힘을 믿을 수 있을지. 너희들이 두려워하는 존재를 내가 처리해 주지."

"설마······."

무열은 나지막한 어조로 담담히 말했다.

"혼백랑(魂白狼), 로어브로크."

"······!!!"

그의 한마디에 아티스 카레쉬는 숨이 멎을 것 같은 기분이었다.

"뭐······?! 말도 안 돼!"

"넌 내 옆에 있는 이 녀석을 보고도 그런 소리를 하는 건가. 마법 무구에 빠져 상아탑의 주인이 일개 안티홈의 사서보다 못한 눈을 가지고 있군."

그제야 아티스는 무열의 옆에 있는 작은 신수를 바라봤다.

"······믿을 수 없다."

"하지만 네가 생각하는 그대로다."

"뮤우."

아키는 무열의 말에 반응하는 듯 몽톡한 코를 그의 다리에 문질렀다.

"상아탑의 마법을 한 단계 끌어올릴 수 있는 재료, 로어브 로크의 심장. 그걸 너에게 주겠다."

[이봐, 너. 그게 무슨 뜻인지 알고 말하는 거겠지? 저번처럼 힘이 빠진 신수가 아니다. 가장 혈기 왕성하고 맹렬한 신수를 사냥해야 한다는 말이다.]

쿤겐의 경고에도 불구하고 무열은 아티스를 바라보는 눈을 떼지 않았다.

"그때 다시 이야기하지. 늑대의 심장을 들고 네 앞에 섰을 때 내가 상아탑이 따를 만한 존재인지 스스로 판단해 봐라."

"……"

대화를 나누면 나눌수록 더욱더 할 말이 없었다.

세븐 쓰론을 살아가는 사람이라면 신수의 존재가 얼마나 대단한 것인가를 모를 수 없다. 그런 그 존재를 사냥하겠다고 당당히 말하고 있다.

"아마도…… 이거였지? 여명회에 입회하는 방법."

그건 다른 말로 하면 상아탑을 찾은 마법사들의 2차 전직 조건이기도 했다. 최초로 그것을 달성한 데인 페틴슨은 2차 전직을 성공함과 동시에 2년 뒤 여명회의 주인이 되어 그 조건을 해제시킴으로써 난공불락이라 불렸던 상아탑의 문을 열었다. 어떤 면에서 그건 불멸회의 도전의 서보다 더 가혹한 조건일지 모른다.

무열은 아티스 카레쉬를 바라보며 말했다.

"자신의 힘을 상아탑에 증명하라."

[얄팍한 녀석.]

"뭐가?"

[어차피 잡아야 할 사냥감을 가지고 생색을 내다니 말이야. 하여간 인간들의 잔머리는.]

무열은 쿤겐의 핀잔에 피식 웃었다.

"상아탑에서도 신수는 골치 아픈 녀석이지. 아티스의 얼굴을 너도 봤잖아. 내심 기대하고 있는 눈치였지."

[그래, 그래서 지금 며칠째 우리를 감시하고 있잖느냐.]

"훗……."

아티스 카레쉬에게 쿤겐의 목소리는 들리지 않았다. 아마도 그의 눈엔 무열이 추위를 이기기 위해 혼잣말을 중얼거리는 것으로만 보일 것이다.

[여전히 그는 널 쉽게 생각하는가 보군. 자신보다 뛰어난 눈을 가졌다는 걸 모르고.]

"마법사들은 언제나 자신이 최고라고 생각하니까."

나인 다르혼조차 모두 익히지 못했던 안티홈 대도서관의 세 가지 마법. 그중에 가장 특별한 힘.

'우월한 눈.'

무열은 천천히 하늘을 바라봤다. 순간, 시야가 줌인이 되는 것처럼 점차 확대되면서 저 멀리 상공에 작은 새 한 마리가 보였다. 백색의 깃털을 가진 그 새는 눈보라가 치는 혹한의 이곳과는 어울리지 않아 보였다.

퍼밀리어(Familiar).

마법사들의 갖은 심부름을 하는 계약 동물.

그들의 눈이 되기도 하고 손발이 되기도 하는 녀석들은 때로는 동물이 아닌 하급 정령을 사용하기도 한다.

스으으으.

시력이 뛰어난 타샤이 부족이라도 저 높은 곳에 있는 새의 존재를 알지 못할 것이다. 게다가 기껏해야 아주 소량의 마력만을 사용하기 때문에 보통의 마법사들도 마찬가지였다.

하지만 아티스 카레쉬가 간과한 것은 그가 평생을 걸쳐 익힌 마법보다 무열의 세 가지 마법이 더 뛰어나다는 것이었다.

"뭐, 오히려 잘됐지."

무열은 퍼밀리어를 바라보며 피식 웃었다.

"저기서 내 모습을 보고 있다면 돌아갈 때 그가 지을 표정이 기대되니까."

[이미 네가 여기서 한 짓만 봐도 경악하고 있을걸.]

"크큭……."

어쩐지 그의 말을 알아듣기라도 한 듯 퍼밀리어가 날개를 쭉 펴며 상공을 크게 선회했다.

다시금 고개를 내렸을 때, 기다렸다는 듯 무열이 앞을 바라보며 말했다. 그러고는 천천히 입꼬리를 올렸다.

"늦었군."

새하얀 눈이 얼굴 가득 얼어붙어 숨을 제대로 쉬기도 힘들어 보였다. 두툼한 방한 조끼는 날카로운 눈보라에 여기저기 찢겨 있었고 그의 카르곤은 매서운 날씨에 더 이상 함께 오르지 못했다.

"후우……."

새하얀 입김을 뿜어내며 지친 기색이 역력한 남자. 그의 등에 달린 거궁도 얼어붙어 있었다.

"……!!"

앞을 바라본 순간 반가움도 잠시, 강건우는 놀라지 않을 수 없었다.

걸어 올라가는 것도 힘들 정도의 혹독한 환경. 하지만 그곳에서 자신의 앞에 있는 남자는 너무나도 태연하게 아무렇지 않게 있었다.

그뿐이 아니다.

간신히 서리고원의 입구에 도달한 강건우는 자신을 기다리며 무열이 앉아 있던 언덕을 바라봤다.

투둑…….

쌓인 눈덩이가 바닥으로 떨어졌다.

그 안으로 보이는 부러진 이빨.

단순히 눈이 쌓인 언덕이 아니었다. 그건 눈으로 덮인……몬스터의 사체 더미였다.

스으으으윽……!!

무열이 두 눈을 감고 양 손바닥을 위로 보이게 돌리고서 팔을 뻗었다. 사체 더미에서 새어 나온 알 수 없는 기류들이 그의 두 팔을 휘어 감으며 서서히 몸 안으로 흡수되었다. 그러자 그의 얼굴에서 생기가 돌았다.

파아악……!!!!

그리고 다시 한번 손을 움켜쥐자 전신을 감싸던 기류가 폭발하며 주위에 그들의 키만큼 높이 쌓인 눈을 터뜨리며 길을 만들었다.

무열은 사체의 산에서 가볍게 내려와 깨끗해진 대지를 밟으며 강건우를 향해 말했다.

"가자."

54장
혼백랑(魂白狼) 사냥

"제길……."

강건우는 살을 에는 듯한 추위에 몸을 부르르 떨며 욕지거리를 내뱉었다.

"힘든가 보지?"

"저, 전혀. 괘, 괜찮습니다."

말도 제대로 나오지 않을 정도면서도 그는 끝까지 오기를 부렸다.

그 모습이 썩 나쁘지 않다.

쉬운 전투란 없다. 목숨을 걸어야 하는 작전에서 이보다 더한 고통이 동반될 것이다. 이 정도도 참지 못하면 앞으로의 전투에서 살아남기 힘들다.

'물론 그가 그냥 둬도 뛰어난 랭커가 되는 건 확실하지

만…….'

뛰어난 인재일수록 더욱 담금질해서 날카롭게 만들고 싶은 것이 무열의 생각이었다.

"훗."

아득바득 참으며 언덕을 오르는 강건우를 보며 그는 만족스러운 표정을 지었다.

"이제 거의 다 왔다."

"……그 말 아까도 했던 것 같은데."

독려인지 희망 고문인지 강건우는 무열의 응원에도 이제는 들리지 않는다는 표정으로 오로지 앞만을 향해 걸어갔다.

"……!!"

그때였다. 시선이 위로 향함과 동시에 그의 발걸음이 멈추자 무열은 가볍게 웃었다.

"내가 다 왔다고 했잖나."

서리고원의 끝. 그 누구도 올라오지 않았던 눈보라의 영역 속에 우뚝 솟아 있는 두 개의 기둥.

"저곳이 바로 로어브로크가 사는 둥지."

초승달이 거꾸로 되어 있는 것처럼 솟구쳐 있는 바위는 마치 늑대의 이빨 같아 보였다.

무열은 마치 오랜 추억을 떠올리는 듯 그곳을 주시하며 천천히 말했다.

"랑아(狼牙)의 보루다."

꿀꺽.

세차게 휘몰아치는 눈보라 속에서도 긴장감 가득한 강건우의 목젖이 움직이는 소리가 귀에 꽂혔다.

"후우."

그는 차갑게 얼어붙은 자신의 거궁을 꺼내었다. 초원에 사는 갈퀴 여우의 꼬리를 꼬아서 만든 활시위를 당겨보았다.

피이잉……!!

조금 전까지 얼어붙어 위태로워 보였던 줄은 그의 손놀림 한 번으로 생기를 찾은 듯 파르르 떨었다.

"……공략은?"

끊어지지 않은 시위를 보며 각오를 단단히 한 듯 그는 고개를 끄덕였다.

"훗, 그 전에 일단 몸부터 좀 녹이지?"

무열은 팔짱을 낀 채로 긴장 가득한 강건우를 향해 말했다.

타닥- 타닥.

마치 수십 번이나 해본 것처럼 능숙하게 이글루를 만들고 그 안에 불을 지핀 무열을 보며 강건우는 놀랍다는 표정이었다.

자신도 세븐 쓰론에 징집된 후 대초원에서 생활을 했지만 천막을 치는 법 하나를 제대로 배우는 데에도 애를 먹었으니까.

'도대체 뭘 하던 사람이지?'

"……."

몇 분이 흘렀을까. 두 눈을 감고 잠시 휴식을 취하던 무열은 천천히 눈을 떴다. 무슨 말을 할지 강건우는 오로지 무열의 입만을 주시했다.

"다 익었군."

"……네?"

이글루 안에 피운 모닥불 안에 넣어둔 고구마처럼 생긴 팜열매를 나뭇가지로 긁어 꺼냈다. 팽팽한 긴장감 속에서 강건우는 대수롭지 않은 말을 하는 무열의 모습에 어처구니가 없다는 듯 말했다.

"지금 그게 들어갑니까?"

"먹어두는 게 좋아."

"이런 상황에서요? 지금 신수가 우리 머리 위에 있는데도?"

"이런 상황이니까 먹으라는 거다."

무열은 두 번째 열매의 껍질을 벗기고서 한입 베어 물었다.

차가운 공기에 새하얀 입김이 솟아났다. 아무리 담력이 좋다고 하더라도 당장에 어떻게 될지 모르는 상황에서 아무렇지 않게 음식을 먹을 수 있는 무열을 보며 강건우는 질렸다는 듯 고개를 저었다.

"다 드십시오. 전 입맛이 없으니까."

"배고파질걸."

"……네?"

"앞으로 삼 일 동안 아무것도 먹지 못하니까."

"그게 무슨……?"

그제야 강건우는 무열이 처음 이외에 팜 열매를 입에 넣고
씹으면서 눈을 감고 있다는 걸 깨달았다.

"먹고 쉬어둬라. 사냥은 저녁부터니까."

두 번째 열매까지 모두 먹고 나서 무열은 벽에 기대어 팔짱
을 끼고 처음처럼 다시 눈을 감았다.

"……."

적막이 흐르는 이글루 안.

타들어 가는 모닥불을 바라보던 강건우는 아무런 말도 하
지 않고 천천히 구워진 열매에 손을 가져갔다.

얼마나 시간이 흘렀을까.

자신의 어깨에 느껴지는 감촉에 강건우는 천천히 눈을 떴다.

"으음……."

익숙하지 않은 추위에 온몸이 두들겨 맞은 것같이 뻐근했다.

"이제 일어나지?"

부스스하게 눈을 뜨자 이글루 밖에 서 있는 무열의 모습이 보였다.

"……!!"

그 순간, 신수의 발아래에 있다느니 하던 자신이 이토록 깊게 잠에 곯아떨어졌다는 사실에 강건우는 화들짝 놀라며 황급히 밖으로 걸어 나왔다.

"죄, 죄송……."

흘린 침 자국을 닦으며 그는 어수룩하게 말했다.

"봐라."

그때였다. 무열의 말에 강건우는 고개를 들었다.

"허……."

순간, 그는 자신도 모르게 탄성을 질렀다.

마치 장막처럼 하늘에 펼쳐진 붉은 오로라. 겹겹이 쌓인 수십 개의 오로라가 그림을 넘기는 것처럼 계속해서 변화하며 움직였다.

"서리고원에서는 밤이 되어야만 볼 수 있는 게 두 가지가 있다. 하나는 저 혈의 장막."

장관을 이루는 저 풍경은 확실히 대초원에서는 절대로 보지 못하는 광경이었다. 아니, 세븐 쓰론 대륙에서 오직 혹독한 환경인 이곳에서만 볼 수 있는 광경일 것이다.

"그리고."

쿵, 쿵, 쿵.

지축을 울리는 소리가 들렸다.

붉은 오로라 밑, 끝을 알 수 없는 절벽에 튀어나와 있는 낭떠러지 위를 유려한 몸동작으로 걸어가기 시작하는 백색 털의 맹수.

녀석은 이미 두 사람의 기척을 알고 있다는 듯 푸른 눈동자로 이들을 주시했다.

"혼백랑(魂白狼), 로어브로크."

강건우는 직감했다. 무열이 서리고원의 밤을 기다렸던 것이 단순히 휴식만을 위함이 아닌 바로 저 신수가 나타나기를 기다렸다는 것을.

"준비해라."

무열이 고개를 돌렸다.

"네……!!"

그 한마디에 강건우는 자신도 모르게 군기가 바짝 든 병사처럼 소리치고 말았다. 마치 다른 사람이 된 것처럼.

무열의 등 뒤에서 느껴지는 오싹한 살기는 그저 바라보는 것만으로도 추위를 잊고 식은땀이 흐르는 것 같았다.

"다시 보는군."

스르르릉.

뇌격과 뇌전이 검집에서 뽑히며 날카로운 소리로 울었다.

"무……."

전투의 긴장감을 느낀 걸까. 아니면 자신과 같은 신수의 죽음을 직감한 걸까.

아키는 불안한 듯 무열의 옆에 섰다.

[몹쓸 짓이야.]

"어쩔 수 없다. 나를 따르기로 한 이상 이 녀석도 받아들여야지. 모두를 다 이끌고 갈 순 없으니까."

그런 아키의 모습을 보며 쿤겐은 처음으로 씁쓸한 목소리로 말했다. 패도적인 그와 어울리지 않는 말이었다. 하지만 쿤겐조차도 비록 자신을 봉인한 정령왕들이라 할지라도 막상 그들의 죽음까지는 보고 싶진 않았다.

[아우우우우우……!!!]

절벽 위에서 허리를 크게 아치형으로 꺾으며 로어브로크가 울자 마치 귀곡성처럼 서리고원의 냉기를 뛰어넘는 한기가 느껴졌다.

"크윽?!"

"귀를 막아라."

강건우는 무열의 말에 황급히 두 손으로 자신의 귀를 막았다.

"정말로 혼을 빼앗길지 모르니까."

"그…… 그런 건 좀 빨리 말해주면 좋지 않습니까."

포효가 끝나자 강건우는 진땀이 난 표정으로 무열에게 말했다.

"익숙해져야 하거든."

"……네?"

"공략을 알려달라고 했지? 네 눈앞에 있는 사냥감은 보이는 대로다. '혼을 갉아먹는 송곳니'. 녀석의 능력 중 하나."

우우우웅……!!

무열의 검에 날카로운 마력이 담겼다. 그리고 그 반대쪽 검엔 칠흑과도 같은 암흑력이 물들었다.

"강건우, 네 활의 사정거리가 어떻게 되지?"

언덕 아래를 내려다보며 그가 말했다.

"까마귀의 눈을 쓰면…… 정확도를 유지할 수 있는 최대 거리는 300미터 정도일 겁니다."

그의 물음에 강건우는 자신의 거궁의 활시위를 잡아당기면서 말했다.

'까마귀의 눈이라……. 궁수 계열 중에 사냥꾼(Hunter) 쪽을 택한 건가. 뭐, 당연한 걸지도. 필드에서 솔로 플레이를 하기엔 궁병보다 나으니까.'

무열이 고개를 끄덕였다.

"로어브로크의 포효가 미치는 범위는 350미터. 최대 사정

거리를 유지하면서 포효가 있을 때마다 빠르게 뒤로 물러나
야 한다."

"알겠습니다."

"네 몸이 받아낼 수 있는 혼을 갉아먹는 송곳니의 최대 중
첩은 기껏해야 두 번. 명심해라. 자칫 잘못하면 오히려 네가
당한다."

끄덕.

강건우는 마른침을 삼키며 고개를 다시 한번 끄덕였다.

"그리고 두 번째. 원령분쇄(怨靈粉碎). 로어브로크의 눈이 노
란색으로 변하면 일순간 녀석의 속도가 배가된다. 그와 동시
에 녀석의 앞발에 위력 역시 배가된다. 절대로 정면에서 막을
생각하지 말고 눈동자의 색이 변하면 뒤로 도망쳐."

"도망뿐이라니……. 할 수 있는 게 별로 없네요."

무열의 설명을 들을수록 자신이 이 사냥에서 꼭 필요한 게
맞는지 씁쓸한 생각이 들었다.

"아니."

그의 생각을 읽은 걸까.

무열은 고개를 저으며 말했다.

"마무리는 네가 한다."

"네?"

"내가 분명 공략에 네가 필요하다고 했잖아. 그리고 그래야

만 반궁을 만들 수 있다."

사실 거짓말이다. 로어브로크의 털로 만드는 게르발트의 활대는 신수를 누가 죽였는지는 사실 중요하지 않다.

그가 강건우를 데리고 온 이유.

'최초의 신수 사냥꾼'.

신수를 잡고 얻을 수 있는 타이틀.

그렇다.

바로, 위업(偉業).

세븐 쓰론을 살아가는 사람으로서 위업이 가지는 의미는 굳이 설명할 필요도 없을 것이다.

그만큼 욕심이 나는 것은 당연한 일.

하지만.

'그 타이틀은 반드시 네가 가져야 한다.'

무열은 강건우를 바라보며 생각했다.

'모든 위업을 독식한다고 해서 좋은 것이 아니다. 물론, 필요한 것은 얻어야겠지만 나보다 더 적합한 자에게 타이틀을 넘기는 것 역시 종족 전쟁을 대비하는 방법이다.'

그의 머릿속엔 이미 계획되어 있었다.

15년간 존재했던 위업들. 그중에 강찬석에게, 최혁수에게, 윤선미에게 각각에 맞는 타이틀을 주겠다고.

그리고 그 계획의 첫 시작이 바로 이것이다.

어쩌면 위험한 도박일지 모른다. 강건우는 아직 완벽하게 자신의 사람이 아니었으니까. 게르발트를 완성하고 타이틀까지 얻어도 자신을 따르지 않을 수 있다.

'하지만 지금 기회를 놓친다면 돌이킬 수 없다.'

때로는 해야 할 도박. 의심만 해서는 얻을 수 없는 것도 있다.

"잘 들어. 지금부터 하나씩 떨어뜨린다. 처음 노리는 건 녀석의 뒷다리, 그다음은 몸통, 마지막으로 머리다."

"세 번……."

"아니, 삼 일."

무열은 강건우의 말에 피식 웃었다.

"……네?"

"하루에 하나씩만 성공해도 목표 달성이다."

그 말을 듣자마자 어쩐지 벌써부터 다시 배가 고파지는 기분이었다.

자신도 모르게 아랫배를 쓰윽 하고 만지는 강건우를 뒤로 하고 무열이 절벽을 달리기 시작했다.

"죽을 각오를 하고 따라와라."

"정말…… 하려는 건가."

상아탑 맨 꼭대기에 있는 천문의 방.

아티스 카레쉬는 망원경에 얼굴을 떼며 고개를 저었다. 그와 연결되어 있는 퍼밀리어를 통해 바라보고 있는 무열의 뒷모습을 보며 기가 막히다는 표정을 지었다.

"어디, 재밌는걸 보는가 보지."

그때였다.

"……!!!"

갑작스럽게 들려오는 목소리에 그는 화들짝 놀라며 퍼밀리어와 연결되어 있던 마법을 풀었다.

이곳은 상아탑에서 오직 자신만이 들어올 수 있는 비밀의 방. 수많은 마법이 몇 중으로 채워져 자신의 수석 제자들조차 며칠을 머리를 맞대고 풀어야 간신히 가능할까 말까 한 곳이다.

게다가 가까스로 마법을 풀었다 하더라도 자신의 마력이 아닌 다른 마력이 침입한 순간 이곳의 경보가 울리게 되어 있었다.

그러나, 경보는 울리지 않았다. 아무런 이질감 없이 자신의 방에 들어올 수 있는 존재라는 말.

"아…… 아닙니다."

아티스 카레쉬는 무릎을 꿇고는 떨리는 목소리로 자신의 앞에 서 있는 노인을 향해 말했다.

'어떻게…… 이곳에.'

"어디, 나도 좀 볼까."

노인은 길게 기른 수염을 쓸어 넘기고는 천문의 방에 있는 커다란 망원경에 얼굴을 가져갔다.

순간, 아티스는 자신과 연결되어 있던 퍼밀리어와의 끈이 끊어짐을 느꼈다.

'젠장…… 비전의 샘에 틀어박혀서 나오지 않던 게 아니었어?'

순식간에 퍼밀리어의 주인이 바뀌어버린 것이다. 노인은 아무렇지 않게 그의 마법을 훔쳐 버렸다.

'7인의 원로회의 최고 장로…….'

그럼에도 불구하고 아티스는 눈조차 마주치지 못한 채 허리를 굽혔다.

'알른 자비우스.'

"제엔…… 자아앙……!!!!!"

콰드드득.

감아놓았던 붕대가 풀리며 팔의 힘줄이 터질 것처럼 부풀며 도드라졌다. 수분 하나 없는 것 같은 피부에는 근육이 움직이는 모습이 적나라하게 보였다. 요동치는 거궁의 활시위가 마치 지금 심정을 대변해 주고 있는 것 같았다.

얼굴에서부터 전신에 상처투성이가 아닌 곳이 없다.

빠득.

강건우는 이를 꽉 깨물었다. 그의 어깨에서 뜨거운 열기로 인한 새하얀 증기가 뿜어져 나오고 있었다.

거궁에 달린 화살촉에서 기류가 흔들리더니 끝에서부터 응집된 그 힘이 화살 전신을 감쌌다.

'지금!!!'

눈빛이 날카롭게 번뜩이는 순간, 부러질 듯 당겨진 활시위에서 맹렬한 굉음이 터져 나오며 화살이 뿜어져 나갔다.

콰아아앙---!!!

푸른 기류로 감싸졌던 화살이 날아가면서 마치 부싯돌에 불을 붙인 것처럼 붉게 타올랐다.

오직 2차 전직을 한 사냥꾼만이 사용할 수 있는 고유 스킬, '날파람(Roaring Spirits)'.

[크으으아아아아---!!!!]

수백 미터를 날아간 화살이 로어브로크의 눈에 정확히 꽂혔다.

"됐다!"

강건우는 요동치는 녀석의 모습을 보며 자신도 모르게 주먹을 움켜쥐며 소리쳤다. 이틀 밤낮이 지나는 동안에도 절대로 틈을 내주지 않았던 녀석의 얼굴에 드디어 일격을 가한 것이다.

"조심해!!"

그때였다.

기쁜 순간도 잠시, 무열의 날카로운 외침에 강건우는 화들짝 놀라며 뒤로 물러섰다.

"크윽!!"

그러나 그의 움직임보다 더 빠르게 로어브로크의 날카로운 발톱이 쇄도했다.

좌아아악———!!

눈으로 좇을 수 없을 정도의 빠르기.

인간보다 몇 배는 더 큰 거대한 덩치에도 불구하고 로어브로크는 믿을 수 없는 속도를 냈다.

그 공격은 반응해서 피하는 것이 아닌 본능적인 감각으로 예측을 해야 하는 것이었다.

원령분쇄(怨靈粉碎).

공격에 성공했다는 기쁨에 그만 녀석의 눈동자가 변했다는 것을 알아차리지 못했다.

단 한 번의 실수로 뼈아픈 상처를 입은 강건우는 욕지거리를 내뱉으며 자신을 질책했다.

"젠장……!!"

로어브로크의 앞발이 관통한 그의 어깨는 마치 산탄총을

정면에서 맞은 것처럼 근육이 뜯겨 너덜너덜해졌다.

"팔, 움직일 수 있어?"

"아직은……."

무열은 바위에 기대어 숨을 고르는 강건우에게 붕대를 감아주며 말했다.

"죄송합니다."

"이미 이틀하고도 반나절을 꼬박 새웠어. 지금까지 정신을 잃지 않은 것만으로도 대단한 거다."

"하지만……."

강건우는 무열의 말에 오히려 더 화가 나는 듯 입술을 깨물었다.

'당신은 호흡 하나 흐트러뜨리지 않고 있잖습니까.'

그 말을 하려다가 결국 말을 삼켰다.

삼 일째가 되는 전투. 자신들의 상처만큼이나 로어브로크역시 만신창이였다. 절대로 이길 수 없을 것 같던 거대한 벽이 서서히 무너지는 느낌.

[크르르르…….]

맹수는 날카롭게 울며 자신들을 경계하면서도 자신의 사정거리를 벗어나자 더 이상 다가오지는 않았다.

녀석의 뒷다리가 축 늘어져 있었다. 양쪽의 힘줄이 모두 끊어져 제대로 움직일 수가 없는 것이다.

게다가 갈빗대에 박힌 수십 발의 화살. 몸을 움직일 때마다 화살들은 빠지지 않고 오히려 녀석의 몸통을 파고들었다.

숨쉬기조차 어려운 듯 괴로운 소리를 내는 맹수.

쐐기 작살(Wedge Harpoon).

강건우는 자신이 만들어낸 결과임에도 여전히 놀라울 따름이었다.

2차 전직 이후 얻은 사냥꾼의 스킬 중에서 쐐기 작살은 가장 활용도가 낮아 쓸모없는 능력이라 생각했었다. 살상 능력도 거의 없고 기껏해야 움직임을 느리게 하는 정도였으니까.

그러나 한 발이 두 발이 되고 두 발이 열 발, 스무 발이 넘어가면서 쓸모없어 보였던 스킬이 제힘을 발휘한 것이다.

첫 번째 날 무열이 예고한 대로 뒷다리를 공략하고 로어브로크의 몸통까지 끝냈다.

'오늘이야말로……. 기필코 끝내야 하는데.'

강건우는 의지를 불태웠지만 누구보다 그렇기 때문에 지금 자신이 한 방심이 너무 원망스러웠다.

"끝낼 수 있다."

"……네?"

"받아라."

무열이 자신의 뇌전을 강건우에게 건넸다.

"가지고 있어. 사냥꾼 스킬 중에 단검술도 있지?"

"네? 그렇긴 한데……. 거의 쓰질 않아서 숙련도가……."

"상관없다. 그래도 롱소드보다는 잘 다루겠지."

그렇게 말하며 그는 뇌격을 잡은 손에 붕대를 감으면서 말했다.

"비궁족이 만든 네 거궁, 나쁘지 않은 아이템이지만 로어브로크의 숨통을 끊기엔 파괴력이 부족해."

"그럼……."

"이번 일격으로 분명 녀석의 방어도 약해졌다. 이제 마무리다. 남은 건 숨통을 끊는 것. 내가 틈을 만든다. 안으로 파고들어."

꿀꺽.

무열의 말에 강건우는 떨리는 손으로 뇌전을 받아 들었다. 마법 붕대로 감겨 있었지만 뜯긴 어깨가 고통스럽게 욱신거렸다.

"제가…… 할 수 있을까요."

원거리에서 사격을 했지만 그는 무열이 로어브로크와 싸우는 것을 처음부터 끝까지 봤다.

그의 육체는 이미 자신과 비교할 수 없을 만큼 뛰어났다.

그리고 그 이상으로 놀라운 것은 그의 검술.

'아무리 생각해도 첫날의 전투는 그저 나에게 로어브로크의 속도에 적응하라는 연습에 불과했어.'

그의 화살이 녀석에게 적중되었던 것은 뒷다리의 힘줄이 잘리고 속도라 떨어진 둘째 날부터였다.

섬격(殲擊).

믿을 수 없는 파괴력의 검술로 두 다리를 단번에 잘라 버린 무열을 보며 절대로 자신은 그렇게 할 수 없을 것이라 직감했다.

"걱정 마라."

하지만 그런 강건우의 두려움을 단번에 날려 버리게 무열은 표정 하나 변하지 않고 말했다.

"틈은 내가 만든다."

그러고는 그의 목덜미에 무열이 두 손가락을 가져가서는 천천히 위로 올렸다.

"네 힘으로 로어브로크의 목을 양단하는 것은 불가능하다. 가운데에서 그보다 조금 오른쪽 위."

차가운 무열의 손끝이 닿은 순간, 강건우는 자신도 모르게 탄성을 질렀다.

"……아! 설마."

그의 시선이 쓰러져 있는 로어브로크를 향했다. 녀석의 목덜미에 박혀 있는 화살 하나.

무열의 명령에 의해 박아 넣었던 것이지만 큰 대미지를 주지 못하고 쐐기 작살처럼 여러 개를 맞힌 것도 아니었다.

"그래, 저기다."

표식(表式).

로어브로크의 동맥 위치.

"하지만 명심해라. 기회는 단 한 번뿐이라는 걸. 실패한다면 그 안에서 절대로 원령분쇄를 피할 수 없어."

무열의 말을 들으며 강건우는 떨리는 눈으로 자신을 노려보고 있는 맹수를 바라봤다.

"할 수 있다."

스으으응…….

무열이 뇌격을 잡은 손에 힘을 주었다. 마력이 담긴 검날이 검푸르게 빛나기 시작했다. 섬격을 스킬로 만든 이후 능숙하게 마력과 암흑력을 섞을 수 있게 된 무열이었지만 그 역시 이 순간만큼은 긴장이 역력한 모습이었다.

'한 번 더.'

파르르르……!! 파앗-!!!

검날에 스며들어 있었던 검푸른 예기에서 뜨거운 열기가 느껴졌다.

화진마암검(火眞魔暗劍).

마력과 암흑력을 더한 것에 무열은 이제 화진검의 열기를 보태었다. 두 힘과 달리 무열 본인의 힘이자 검술 계통의 스킬인 화진검은 두 힘에 반발력 없이 스며들었다.

"후우……."

여기까진 이틀 동안 똑같았다. 마력 정기를 사용하게 되면서 두 힘을 섞는 일은 이제 무열에게도 큰 어려움은 아니었다.

하지만 무열이 낮은 한숨을 내쉬며 집중하는 걸 보며 강건우 역시 불안한 눈빛으로 그를 바라봤다.

우우우우웅…….

검을 잡지 않은 반대편 손을 천천히 들어 올리자 그의 심장에서부터 손끝까지 회색빛의 연기가 피어올라 그의 손바닥 위에 응축되기 시작했다.

[미쳤군.]

쿤겐은 그 모습에 질렸다는 목소리로 말했다.

영혼력(靈魂力).

신수인 로어브로크는 육체를 가지고 있지만 더불어 영적인 힘도 가지고 있다. 영혼력만큼 로어브로크에게 타격을 줄 수 있는 힘도 없을 것이다.

문제는 영혼력 하나도 다루기 힘든 능력인데 무열은 마력과 암흑력까지 동시에 사용하고 있다는 데에 있었다.

"아직."

거기서 끝이 아니었다.

화르르륵———!!!

지금까지 로어브로크를 상대하는 데에 집중하느라 사용하지 않은 스킬.

강건우는 자신이 쥐고 있는 뇌전에 붉은 불꽃이 솟구치자 깜짝 놀란 표정을 지었다.

"이, 이건……."

열화천(熱火遷).

강건우는 서리고원의 냉기를 몰아낼 정도로 뜨거운 화염에 입을 다물지 못했다.

"아키, 너의 힘도 빌리자."

"무우……!"

작은 돌기처럼 나 있는 신수의 뿔에 옅은 빛이 모여들기 시작했다.

아키의 광휘력을 보며 무열은 언덕에 발을 내려놓으며 천천히 로어브로크를 바라봤다.

"지금껏 해왔던 것처럼."

끄덕.

강건우가 그의 말에 고개를 끄덕였다. 신기했다. 이미 포기하고도 남을 어려움이었음에도 불구하고 매번 무열의 말 한마디를 들을 때마다 사그라지려던 전의의 불씨가 다시 피어올랐으니까.

불가능(不可能).

그건 자신에게만 해당되는 것이 아니다.

말도 안 되는 무열의 능력은 놀랍고 부러운 일이다.

하지만 궁술 하나를 습득하는 데도 죽을힘을 다했던 그로서는 그 힘들을 동시에 다루는 게 얼마나 어려운가도 잘 안다.

아니, 세븐 쓰론을 살아가고 있는 모든 이가 무열의 힘을 보면 부러움보다는 경외심을 가질 것이다. 이미 그 역시 이런 상황임에도 불구하고 매 순간 불가능에 도전하고 있는 거니까.

무열은 바닥을 밟은 발에 힘을 주었다.

"간다."

"허허허……."

천문의 방에서 들려오는 나지막한 웃음소리. 하지만 그 소리는 마치 쇠를 긁는 것처럼 듣기 힘들었다.

쿠우우우우우…….

저 멀리 언덕 뒤로 보이는 새하얀 빛이 사라짐과 동시에 어렴풋이 붉은 메시지창이 보였다.

"읍…… 우읍……."

묘한 소리에 망원경에서 얼굴을 떼며 알른 자비우스는 천천히 발아래를 내려다봤다.

"이것 참. 많이 힘든 겐가."

"우우읍……."

하지만 그는 그렇게 말하면서도 지그시 발에 힘을 주었다.

빛의 고리에 양팔이 꽁꽁 묶인 채로 무릎을 꿇고 고개를 땅에 박고 마치 발판처럼 알른의 발아래에 있는 남자는 다름 아닌 아티스 카레쉬였다.

무릎을 꿇은 채로 얼마나 있었던 걸까.

"내 정신 좀 보게나. 저 두 사람이 재미있어 처음부터 지금까지 눈을 뗄 수가 없었지 뭐야. 허허⋯⋯."

그의 흰 로브에는 붉은 피가 묻어나 있었다.

"나 같은 노인과 달리 자네는 상아탑에서 가장 뛰어난 전투 마법사지 않는가. 마법만큼이나 육체도 단련했으니 이 정돈 아무것도 아니지?"

알른 자비우스는 천천히 아티스의 등에서 내려오며 말했다.

"⋯⋯."

초췌한 모습을 아티스는 비틀거리며 자리에서 일어섰다. 아니, 일어서려고 했다.

"내가 아직 명을 하지 않았는데?"

"죄⋯⋯ 죄송합니다."

알른의 말에 아티스는 이미 상처투성이인 무릎에도 불구하고 아픔도 잊은 채 다시 머리를 박았다.

"신수 사냥⋯⋯. 정말로 성공할 줄이야. 뭐, 우리도 골치가 아팠는데 잘됐군. 이참에 늑대의 심장을 맛볼 수 있을 테니까."

"⋯⋯."

아티스는 알른의 말에 심장이 두근거렸다. 절대로 불가능할 것이라고 생각했던 일을 이뤄냈으니 말이다.

"그럼 맞이해 줄까. 무슨 표정을 지을지 궁금하군. 여명회가 아닌 원로회가 자신을 기다리고 있으면 말이야."

하지만 그 기대도 잠시.

"아티스."

"……네, 장로님."

알른 자비우스는 턱을 쓸어 넘기면서 마치 속삭이듯 나지막한 목소리로 말했다.

"남몰래 재밌는 걸 만들고 있던데. 그래, 이름이 뭐라더라…… 아아, 맞아. 광휘병사(光輝兵士)라 했지."

순간, 아티스 카레쉬의 눈썹이 꿈틀거렸다.

극비에 극비로 준비했던 일. 그 병사들이 겨눠야 할 검의 끝엔 원로회가 있어야 했는데…….

마치 원로회는 그의 모든 것을 이미 꿰뚫고 있다는 듯 알른은 아무렇지 않게 말하고 있었다.

"병사들을 준비해라. 손님은 내가 직접 맞이할 터이니."

"……알겠습니다."

아티스는 절망에 빠진 표정으로 그에게 대답했다.

'계획은 실패다. 이제 끝이야. 강무열…… 넌 이곳에서 분명 죽을 것이다.'

"크아아아아아!!!!"

서리고원의 언덕에서 외침이 들렸다.

철푸덕.

그와 동시에 아직 김이 모락모락 나는 거대한 고깃덩어리가 절벽 아래에서 굴러떨어졌다. 잘려 나간 고깃덩어리는 아직 살아 있는 것처럼 꿈틀거리고 있었다.

"퉷!! 젠장…… 죽는 줄 알았네."

온몸에 피를 뒤집어쓴 강건우는 그것도 모자라 입안 가득 들어 있는 비릿한 피를 뱉어냈다.

"많이 해본 솜씬걸? 기본 스킬이라고는 하지만 사냥꾼이라도 도축술(Butchery)을 능숙하게 하는 사람은 별로 없는데."

"뭐…… 징집되기 전에 음식점에서 일했습니다. 거기서 이것저것 다 다뤘죠."

"그렇군."

강건우는 아무렇지 않게 로어브로크의 심장을 떼어낸 다음에 능숙하게 신수를 해체하기 시작했다.

무열은 그런 그를 보며 가볍게 웃었다.

"전투에서 검을 잘 다루지는 못해도 이런 데에는 뛰어나군."

"뭐…… 할아버님을 따라서 쭉 해왔던 일이라서요."

"할아버님? 가족이 모두 그쪽 일을 했나?"

"아뇨, 처가댁이요. 어릴 때부터 옆집에 살아서 그분을 따랐습니다."

"아…… 결혼했었군."

무열은 잠시 뜸을 들였다. 그 이유를 알겠다는 듯 강건우는 로어브로크의 털을 제거하면서 흔들리지 않는 눈으로 말했다.

"걱정 마십시오. 어딘가에 분명 살아 있을 겁니다. 그 녀석, 보기보다 강하거든요."

누군가에게나 있을 수 있는 가족(家族).

무열 역시 어딘가에 있을 자신의 혈육을 떠올리며 고개를 돌렸다.

"그렇지."

한시도 잊은 적 없다. 가족을 찾기 위해서라도 강해지리라 생각했으니까.

하지만…… 인간군에서 가장 강한 존재가 되어도 여전히 그들의 생사조차 알지 못한다.

가질 수 있는 것은 막연한 믿음뿐.

만약 그 누구라도 가족을 거래의 조건으로 가족을 제시한다면 흔들리지 않을 수 없으리라.

그 역시.

"자, 됐습니다."

팔짱을 낀 채로 잠시 생각에 빠졌던 무열을 향해 강건우는 시뻘건 심장 다음으로 가죽에 있는 털을 제거해서 뭉쳤다. 거대한 덩치였지만 강건우는 순식간에 발골까지 모두 끝냈다.

조금 전까지만 하더라도 서리고원을 지배하던 거대한 맹수는 이제 형체를 알아볼 수 없게 되었다. 녀석이 마지막으로 할 수 있는 것이라곤 겨우 서리고원에 사는 짐승들의 양분이 되는 일뿐이었다.

"그런데…… 저건 안 없어집니까?"

강건우는 머리 위에 있는 붉은 메시지창을 바라보며 어색한 듯 말했다.

"왜? 보기 좋잖아. 위업이라고. 세븐 쓰론에서 살아가는 사람들은 죽었다 깨어나도 한 번 할까 말까 한 업적."

[최초의 신수 사냥꾼]

확실히 대단한 업적이다. 강건우는 무열의 말대로 그동안의 자신이었다면 꿈도 꾸지 못할 위업이라는 걸 인정했다.

[모든 스테이터스 상승 10%]

[민첩 200포인트 획득]

[몬스터에 대한 공포심 감소]

[무기 정확도 상승 15%]

단 한 번의 위업을 겪었을 뿐인데 그로 인해 얻는 것이 대단했다.

그는 이미 자신의 몸이 달라졌음을 체감하고 있었다. 오히려 지금 이 느낌을 시험해 보고 싶어 몸이 달아오르는 기분.

"그런 걸 무열 님은 잔뜩 하셨잖습니까."

그와 동시에 그는 생각했다. 위업을 달성하며 상공에 생성되는 붉은 메시지창은 마법적인 힘이 담겨 있는 것인지 대륙 어디에서도 볼 수 있다.

'퍼스트 킬러(First Killer). 내가 처음 위업을 달성하는 메시지를 봤을 때부터 지금까지 강무열이라는 이름이 들어가지 않은 위업을 본 적이 없다.'

즉, 강건우는 지금껏 알고 있는 모든 위업을 무열이 이루었다는 것을 다시 한번 상기하며 이게 얼마나 대단한 일인지 새삼 깨달았다.

'그렇다면 섬격(殲擊)은 엄청난 힘을 가지고 있어도 충분히 이해가 가는 일이다.'

그는 삼 일간의 전투를 겪고 난 뒤, 무열과 자신의 차이를 뼈저리게 느끼며 한편으로는 저 강함에 대한 경외심을 느꼈다.

"별거 아니다."

강건우의 시선에 담긴 마음을 읽은 걸까. 무열은 로어브로크의 심장을 잘 갈무리해 인벤토리 안에 집어넣으며 말했다.

"나와 함께한다면 이 정도는 말이야."

"……."

담담하게 말하는 그의 모습에 강건우는 더욱더 못 당하겠다는 듯 고개를 저으며 피식 웃었다.

"비궁족에서 보였던 그 자신감…… 이유를 알겠으니 인정할 수밖에 없겠네요."

"앞으로가 더 중요하다. 게르발트를 완성하기 위해서는 이제부터 네 스스로 해야 한다. 주의해야 할 건 모두 알려줬지만 결코 쉬운 일이 아닐 거다."

"알겠습니다."

무열에 대한 강건우의 믿음은 이제 확실해졌다.

사실, 자신을 통해서 로어브로크를 사냥한 뒤에 그 재료만 빼어내 반궁을 취할지도 모른다는 의심을 했었다. 하지만 무열은 오히려 반궁의 재료인 로어브로크의 털에는 관심도 없는 듯 일절 눈도 돌리지 않았다. 자신이 도축을 하고 있는 동안 그는 로어브로크의 송곳니를 뽑았을 뿐이었다.

신수의 이빨이니 특이한 힘이라도 있을까 싶어 물었지만 딱히 무기를 만들거나 하는 것 같아 보이진 않았다.

'하긴, 그렇게 좋은 무구를 가지고 있으니.'

뇌격(雷擊)과 뇌전(雷電).

비록 한 번밖에 사용해 보지 못했지만 무열의 무구가 얼마나 좋은 것인지는 확실히 느꼈다.

'나도…….'

반궁(叛弓), 게르발트.

지금까지 평온함을 유지했던 강건우의 마음속에도 드디어 호승심이 타오르기 시작했다.

한번 맛본 강함에 대한 욕심.

무열과의 전투가 대륙삼궁으로 거듭날 강건우를 한층 더 빠르게 성장시키는 계기가 된 것이다.

'델리카의 보옥, 알카르의 뿔, 로어브로크의 송곳니까지 모은 재료가 3개. 이제 절반에 닿았군.'

정령술을 얻기 위한 6개의 재료.

단순히 재료를 모으는 것은 어렵지 않지만 그 재료의 품질에 따라 처음 정령술을 얻을 때의 수준이 달라진다.

'남은 건 순금, 아연, 그리고 산호 조각.'

그 재료를 어디서 얻을지도 이미 무열의 머릿속에 그려져 있었고 실행에 옮길 것이다.

'상아탑에서도 얻을 수 있는 재료가 있다.'

바로, 순금(純金).

단순한 금이 아니다. 여명회에 대대로 내려오는 비전으로

만 만들 수 있는 마법 금속.

하지만 어디에 있는지만 안다면 얻는 것은 어렵지 않을 것이다. 이미, 무열의 머릿속에 상아탑은 자신의 영역 아래에 놓여 있으니까.

'산호 조각 역시 얻을 곳은 이제 확실해졌다. 3대 위상은 정령의 힘을 가지고 있는 동물. 그렇기 때문에 정령술을 얻기 위한 최상의 재료를 가지고 있다.'

3대 중 하나인 청귀, 칼두안.

섬이라고 불릴 정도로 거대한 거북의 등껍질에서 산호 조각을 얻으면 된다.

'문제는 아연인데…….'

무열은 살짝 눈살을 찌푸렸다. 아연을 얻는 것 자체는 그다지 어렵지 않다. 하지만 그가 알고 있는 한 세븐 쓰론에서 가장 순도 높은 아연을 얻을 수 있는 곳은 한 곳이다.

'회색 교장(敎場).'

로안의 기록서를 얻고 7인의 원로회를 떠올렸을 때 생각했던 던전이다.

무열은 그 장소가 이런 식으로 연결이 될 줄은 생각 못 했다. 왜냐면 회색 교장은 7인의 원로회가 있었다고 전해지는 장소였기 때문이다.

'역시…… 맞붙을 수밖에 없겠지.'

회색 교장은 안티홈이나 상아탑과는 본질적으로 달랐다. 그곳은 단순한 장소가 아닌 A급 던전이었으니까.

'다음 행선지는 정해진 것이군.'

무열은 빠르게 생각을 정리했다. 물론, 그 전에 상아탑의 일과 더불어 대초원에서 비궁족과의 거래를 마무리하고 트라멜에도 교섭술을 전수하기 위해 들러야 했다.

'물론 회색 교장을 가기 전에 필요한 준비는 해둬야겠지. 쓸데없는 시간 낭비를 피해야 하니까.'

아직도 남은 강자들은 존재한다. 시간을 둘수록 그들 역시 강해질 것이다.

비록 번개군주라는 이명을 얻게 했던 결정적인 무구인 뇌격과 뇌전을 자신이 가지고는 있다지만 여전히 남부에서는 안톤 일리야가 권세를 넓히고 있었다. 뿐만 아니라 휀 레이놀즈도 아직 처리하지 못했으니 무작정 마음을 놓을 수 있는 상황은 아니다.

"이걸 가지고 상아탑으로 다시 가실 겁니까?"

생각에 빠져 있던 무열을 향해 강건우는 심장 이외에 나머지 재료들을 어떻게 처리할지 고민하며 물었다.

"아니."

"네? 그러면…….."

탈칵.

무열은 로어브로크의 사체 옆에 있는 은색의 보상 상자를 열었다.

상자 안에서 빛 방울들이 솟구쳐 올랐다.

[상급 마석(x100)을 획득했습니다.]

[중급 마석(x320)을 획득했습니다.]

하지만 무열은 마석 따위에 눈길을 주지 않았다.

오직 상자 안에 들어 있는 물건을 바라보던 그는 회심의 미소를 지으며 말했다.

"녀석들이 날 찾게 만들어야지."

❈

"4클래스급의 마력을 가진 인공 인형이라. 재밌는 발상을 했구나, 아티스."

"가…… 감사합니다."

상아탑의 지하.

높게 솟은 탑만큼이나 지하실 역시 깊숙하게 자리 잡고 있었다. 당연히 창문이 있을 리가 만무한 이곳은 어둠뿐이라 예상되겠으나, 놀랍게도 지하실 안은 마치 태양을 그대로 옮겨

놓은 듯 온통 빛으로 가득 차 있었다.

"여명회의 광휘 마법을 이용해서 만들었으니 당연한 결과지만…… 이건 수정이 좀 필요하겠어."

[…….]

두 눈을 붕대와 같은 천으로 가리고 가죽 갑옷을 입고 있는 병사들은 살아 있는 것처럼 보였지만 자세히 보면 그 피부는 인간의 것과 달랐다.

살갗은 마치 얇은 천을 여러 겹 덧댄 것 위에 색을 칠해놓은 듯했다.

인형(人形).

알른 자비우스의 말 그대로였다. 한 치의 오차도 없이 열을 맞춰 서 있는 병사들을 바라보며 알른은 인상을 찡그렸다.

"이렇게 눈이 부셔서야 원……. 제대로 명령이나 하겠나."

가슴팍에 박혀 있는 핵. 빛 하나 들지 않는 지하실이 이토록 밝은 이유는 바로 이 핵 때문이었다.

"황송하옵니다……. 하지만 명령을 수행하는 체계를 구축하기 위해서는 황금 심장이 꼭 필요합니다."

"꼭?"

"……네?"

아티스 키레쉬는 알른의 물음에 기어들어 가는 목소리로 되물었다.

"불멸회의 나인 다르혼은 그보다 훨씬 전에 마력 붕대라는 아주 간단한 마법으로 획기적인 불사의 부대를 만들었다."

"……."

"네가 죽었다가 깨어나도 나인, 그 녀석을 이기지 못하는 이유야. 황금 심장이 왜 필요하지? 이런 거야말로 마력 낭비라는 게다."

알른 자비우스는 아티스가 만든 병사들을 바라보며 한심하다는 듯 혀를 찼다.

"황금 심장 하나에 가격이 얼마나 하는 줄 아느냐. 마법에 꼭이란 건 없다. 황금 심장을 쪼개서 쓸 바에야 차라리 골렘을 만들 때 쓰는 진흙 심장이면 충분하단 말이다. 효율도 그다지 높지 않은데……. 상아탑의 돈을 이런 식으로 쓰다니. 쯧쯧."

"죄송합니다."

"뭐, 그래도 당장엔 쓸 만해 보이니. 위대한 마법사가 아닌 저급한 녀석들을 상대하기엔 충분하겠어."

'빌어먹을 늙은이 같으니…….'

하지만 반대로 아티스는 그의 핀잔에 속으로 욕지거리를 내뱉었다.

'그걸 내가 몰라? 정말로 꼭 필요해서다.'

황금 심장(黃金心臟).

연금술과 마법학을 통해서만 만들 수 있는 상아탑만의 고유한 기술.

들어가는 재료도 많고 만들기도 어렵다. 알른 자비우스의 말대로 가성비를 따졌을 때 효율도 그다지 높지 않다. 하지만 그럼에도 불구하고 황금 심장은 A급을 넘어 S급의 아이템으로 분류되는 이유가 있다.

반(反)마법의 극대화. 마법을 통해서 만들어진 아이템임에도 불구하고 특이하게 연금술이 더해져 오히려 마법을 무력화시키는 효과를 가진 아이템이었다.

아티스 카레쉬가 자신의 재산을 모두 투자해 광휘병사의 원동력으로 황금 심장을 선택한 이유는 명확하다. 광휘병사의 타깃이 바로 7인의 원로회였으니까.

'젠장…….'

하지만 그 모든 게 완성되기 전에 보기 좋게 나타난 알른 자비우스로 인해 계획은 엉망이 되었다.

이렇게 된 상황에서 기대어 볼 수 있는 것은 아이러니하게도 강무열뿐.

하지만 아무리 머리를 굴려도 상아탑으로 오는 순간, 수십의 광휘병사는 물론 알른 자비우스를 상대로 그가 살아남을 수 있는 가능성은 제로에 가까웠다.

'끝났어.'

아티스 카레쉬는 절망스러운 얼굴로 고개를 떨구었다.

"이봐."

알른 자비우스는 광휘병사들을 바로 보며 기대에 찬 표정으로 지하실 문 앞에 서 있는 여명회의 마법사에게 말했다.

"클클……. 그 녀석이 도착하려면 얼마나 남았지? 이토록 오래 살아왔건만 지금처럼 기다리기 어려운 때도 없군."

맛 좋은 먹잇감을 기다리는 맹수처럼 알른은 입맛을 다시며 말했다.

그의 명령에 마법사는 황급히 들고 있던 수정구에 마력을 주입했다.

우우우웅…….

수정구가 빛나면서 흐릿한 안개구름을 지나 무열의 모습이 보였다.

그 순간, 마법사의 낯빛이 어두워졌다.

"왜 그러지?"

"저…… 그게…….."

말을 제대로 잇지 못하는 부하를 보며 알른은 얼굴을 찡그렸다.

"사, 상아탑으로 오고 있지 않습니다."

그의 안색을 살피며 부하는 떨리는 목소리로 조심스럽게 입을 열었다.

"……뭐?"

"그게 무슨 말이야?"

자신도 모르게 아티스는 부하의 말에 깜짝 놀라며 되물었다.

예상을 뒤엎는 행동.

당연히 신수 사냥이 끝나고 자신을 만나러 올 것이라고 생각했던 무열이 보란 듯이 다른 곳을 향한다는 말에 그는 속으로 탄성을 지르고 말았다.

'강무열…… 당신이란 사람은 대체…….'

"어디로 가고 있다는 게냐."

쾌재를 부르는 아티스와 달리 알른의 상태는 심상치 않았다. 당장에라도 화가 터질 것 같은 표정으로 그가 부하에게 물었다.

"그게…… 비전의 샘입니다."

그 순간, 알른 자비우스의 표정이 완전히 일그러졌다.

비전의 샘.

그곳이 어디던가. 바로 자신이 있었던 곳이지 않은가.

마치 놀리듯 제 발로 그곳을 향해 가는 무열을 보며 그는 이를 바드득 갈았다.

"이, 이놈이……!!"

to be continued